우리들의 짠한 서울 기억법

짠내나는 서울지앵

우리들의 **짠한**
서울 기억법

서울지앵 프로젝트 팀

PROLOGUE _____

서울, 기억, 사명감

서울, 이곳은 어떤 의미로 사람들의 마음속에 자리 잡고 있을까? 여느 유행가의 가사처럼 잊히지 못할 아름다운 거리일 수도, 화려한 유혹들로 모든 것을 낯설게 하는 도시일 수도 있다. 누군가에게는 눈부신 경제성장의 중심지일 것이고, 다른 이에게는 민주화 운동이 꽃을 피운 시민들의 광장일 것이다. 아마 서울에서 살아가는 사람이 천만 명이라면, 천만 가지의 의미가 생성되고 있을 터다.

나에게 서울은 한강으로 기억된다. 광역버스를 타고 출·퇴근을 할 때면 한남대교를 지나는데, 그 순간에 창 너머로 한강이 보인다. 출근할 때 한강은 아침 해를 받아 반짝반짝 보석처럼 빛이 난다. 어둠이 내리고 퇴근길에 한강은 심연에 벌건 가로등 불빛만 애처롭게 일렁인다. 서울은 직업인들의 당찬 포부와 삶의 고단함이 공존한다. 찬란하면서도 외로운, 세련되었지만 어딘가 쓸쓸한 양면의 공간이다.

서울을 바라보는 시각은 저마다겠지만, 한 가지 분명한 것은 빠르게 변하고 있다는 사실이다. 빨리빨리 대한민국의 수도답게 서울은 제 모습을 신속하게 바꿔왔다. 높은 빌딩이 숲을 이루고, 차도가 매끈하게 뻗어나가고, 휘황찬란한 불빛들이 수를 놓는다. 사람들은 서울의 발전이 안겨다주는 편의에 빠져, 서울을 소비하는 데에 급급하다. 돈을 벌고, 쇼핑을 하고, 여가를 보내고, 유흥을 즐기며 오로지 도시 서울이 주는 달콤함에만 관심이 있다.

아울러 서울의 이면은 도외시한다. 높은 빌딩 뒤 가려진 곳엔 어떤 건물이 있는지, 차도가 생긴 곳엔 본래 무엇이 자리했는지 아무도 관심을 갖지 않는다. 언제나 새로움은 낡음을 청산한 자리에 들어선다. 서울 곳곳에는 새로움에 밀려 사라지고 있는 오래된 것들이 존재한다. 그것은 건축물일 수도, 양식일 수도, 전통일 수도, 휴머니즘일 수도 있다. 중요한 것은 지금 이 순간에도 오래된 가치들이 사람들의 기억 저편으로 사라지고 있다는 현실이다.

문화는 기억으로 전승된다. 인간은 자신들의 문화를 후대에 전해주기 위해서 기억이라는 수단을 사용한다. 그 옛날 구석기인들은 무리에게 생존하는 방법을 일러주기 위하여 사냥하는 법을 기억해야만 했다. 사기그릇 만드는 법 하나를 제자에게 전수하려 해도 스승은 자신의 노하우를 끊임없이 기억해야 한다. 누구나 한번쯤은 본인의 직무를 후배에게 알려주려고 기억을 되뇌는 경험을 해봤을 것이다. 세상의 모든 문화는 기억을 타고 세월을 건넌다.

기억으로 전승되는 것이 문화만 있는 것은 아니다. 사람도 기억으로 남는다. 누군가의 기억 속에 남겨진 사람은 육신이 땅으로 갈지라도 영원히 살아 숨 쉴 수 있다. 단 한 사람의 기억일지라도 그 속에서 재생되고 형상화된다면, 세상에 영향을 미치는 존재 그 이상일 것이다. 세상의 지도자나 저명인사들이 그토록 기를 쓰고 사람들의 기억에 남으려 업적을 세우는 이유도 마찬가지다. 이처럼 기억에는 힘이 있다. 기억은 사라지는 것들 편이다. 무엇보다 기억은 도시의 정체성을 보존해줄 수 있다.

여기 기억의 힘을 믿는 사람들이 있다. 그들은 기억을 위한 방법으로 글쓰기를 선택하여 이 책의 저자가 되었다. 저자들은 저마다의 취향으로 서울을 기억한다. 봉천동 자취생은 타향살이의 애환과 사회 초년생의 청춘을 이야기한다. 혜화동 연극인은 옛 대학로의 정취를 다시금 복원하려 애를 쓴다. 신림동 고시생은 합격자 발표에 일희일비하는 고시촌의 풍경을 스케치한다. 방학동 대학원생은 곧 폐교될 위기에 처한 자신의 모교를 찾아 어린 시절을 추억한다. 화양동 유학생은 낯선 이국의 풍경 속에서 자신의 모습을 찾는 과정을 기록한다. 홍대앞 직장인은 홍대앞의 변화를 이야기한다.

저자들이 살거나 관계하였던 동네들은 나름의 사연으로 서울을 구성한다. 어느 사연 하나 특별하지 않은 것이 없다. 한 가지 공통점이 있다면 모든 동네가 과거의 모습과 참 많이 달라졌다는 것이다. 그러나 동네의 변화를 누구 하나 안타깝게 생각하지 않고 새로이 생긴 건물과 편리한 생활공간에 심취하여 동네의 옛 모습을 잊어버린다면 우리의 옛 동네는 죽은 것이나 다름없다. 그 속에 깃든 우리의 이야기마저 한낱 넘어간 책장일 뿐이다.

그리하여 저자들은 사명감을 가지고 동네를 기억한다. 누가 시키지도 않은 자발적 사명감이다. 그러기에 우리의 기억은 그 어떤 각오보다 간절하고 진실된다. 우리는 보다 많은 사람들에게 우리의 동네를 전해주도록 최선을 다해 기억한다. 기억하는 과정에서 잊고 싶은 과거와 마주하기도 하고, 아무도 몰랐으면 싶은 치부를 드러내기도 하고, 마음 깊숙이 박힌 상처를 꺼내기도 한다. 우리의 동네를 한 사람이라도 더 기억하게 하겠다는 사명감이 있기에 가능한 일이다. 사명감으로 자신들의 진짜 이야기를 꺼내놓는 저자들의 모습이 어쩐지 짠하지 않은가? 나는 감히 말할 수 있다. 짠하지만 아름답다고.

　여러분은 저자들의 이야기에 그저 귀를 기울이기만 하면 된다. 공감하지 않아도 된다. 그런 동네가 있고, 그런 이야기가 있었다는 것만 알아주면 된다. 우리의 동네를 기억하는 사람들이 하나둘 늘어난다면 봉천동, 혜화동, 신림동, 방학동, 화양동, 홍대는 살아 숨 쉬게 될 것이다. 여러분의 동네도 각자가 기억한다면 모든 동네가 살아나게 되고, 도시 서울은 생명력 가득한 모습으로 변화할 것이다. 저자들이 서울을 기억하는 방법은 우리만의 서울을 사랑하는 방법이다. 우리 모두가 서울을 기억하는 과정은 위대한 여정이 된다.

서울지앵 프로젝트 팀을 대표하며

이 종 현

Contents _____

서울생활 5년차
대구시민입니다

관악구

봉천동

글·사진 | 이 영 아

대구 출신 아가씨가 있습니다. 대학 졸업 후 서울에 올라와 현재 봉천동에 거주 중입니다. 벌써 5년이나 되었지만 아직도 대구시민이라니 참 재미있지요.

자취를 하고 있는, 또 자취를 경험해본 많은 이들과 이야기를 나누고 싶어 이 글을 썼습니다.

서울생활 5년차
대구시민입니다

봉천동은 서울대입구역과 낙성대역을 가로지르는 자취촌입니다. 한적한 날 없이 빼곡이 차들이 오가는 8차선 도로를 벗어나 조금만 골목으로 들어서면, 구불구불하고 가파른 길을 따라 전혀 다른 세상이 펼쳐집니다.

누군가에게는 독립의 기쁨, 또 누군가에게는 외로움의 공간일 자취방과 그 동네에 대해 이야기해볼까 합니다. 봉천동에서 살아온 지난 5년의 시간, 20대의 가장 뜨거운 시간을 함께한 이곳을 소개합니다.

01 모호한 정체성의 공간, 자취촌

아빠는 저에게 항상 '대전 아래로 내려와 살 생각 하지 마라'라고 하셨습니다. 대구라는 지방 도시, 혹은 작은 세상을 벗어나 더 큰 세상에서 살기를 바라는 말씀이셨겠지요. 경상도 남자 특유의 덤덤한 말투에 섞여 시니컬하게 들려오던 그 말은 이제 제 삶의 이정표가 되어버렸습니다.

하긴, 우리 아빠도 30여 년 전 서울에서 자취생활을 했습니다. 지금도 이따금씩 아빠에게 전해 듣는 그때 그 시절 젊은 청년의 추억은 지금 제 삶과 꽤나 닮아 있습니다. 엄마가 해주는 집밥, 또 학창시절을 함께한 고향 친구가 있는 대구가 가장 그리우면서도, 돌아가지 못하는 이유는 무엇일까요.

　　지방 소재의 대학을 졸업하고, 취업을 위해 처음 서울에 자리를 잡았습니다. 기숙사 생활, 학교 앞 자취생활과는 달리 '독립'을 한다는 설렘이 가득했던 시기였습니다. 하지만 벌써 5년째 서울생활을 이어오고 있지만, 저는 여전히 대구 시민입니다. 주소지를 옮기지 않았거든요.

　　봉천동에 사는 대다수 자취생이 저와 같은 처지라고들 합니다. 건강보험, 주민세 등을 이유로 주소지를 옮기지 않은 이들은 물론이구요, 주소지를 옮길 필요성을 느끼지 못한다는 이들이 대다수이지요. 1인 가구는 많지만 독립 가구는 없다는 말이 이럴 때 딱 맞을 듯합니다.

그래서일까요? 자취생의 정체성은 참 모호합니다. 벌써 5년이나 서울에 살았지만 서울 시민이라 할 수는 없고, 또 대구 시민이라기엔 소속감을 잊은 지 오래인 것처럼 말입니다. 이런 저에게 자취방이 '삶의 터전'이 아닌 단지 의식주의 공간으로 치부되는 것은 너무도 당연한 일일지도 모르겠습니다.

봉천동에 살다 보면 이웃에 관심이 없어집니다. 또 나만의 공간에 나를 가두고 주변을 둘러보지 않게 되는 일이 허다하지요. 하지만 봉천동에 살았던 수많은 과거 자취생들과, 또 지금을 살아가는 자취생들과 함께 이야기를 나누고 싶어졌습니다. 당신의 서울살이, 여전히 힘들기만 한가요?

02 저, 상경(上京)했습니다

5년 전, 처음 서울에 자리 잡고 개인 SNS에 글을 올렸던 적이 있습니다. 나만의 공간을 가지고, 내 마음이 가는 대로 꾸밀 공간이 생겨서 너무도 좋다고. 이제 대구 아가씨가 아닌 서울 사람 이영아를 만나게 될 것이라며 자랑하는 글이었지요.

그때만 해도 이토록 팍팍한 서울살이가 저를 기다릴 것이라고는 생각하지 못했답니다. 이렇게나 숫자가 무서워지고, 혼자인 시간이 지겨워질 줄은 몰랐거든요. 매달 방세, 공과금, 생활비 부담에 편히 만날 친구가 없는 외로운 타향살이까지. 고향 친구들은 서울에 사는 제가 참 부럽다지만 저 나름대로 '상경'한 삶이 참 힘이 듭니다.

봉천동 곳곳에는 작은 부동산이 많습니다. 요즘은 세상이 좋아져 스마트폰 어플로 방을 구할 수 있다지만 결국엔 발품을 팔아야 하지요. 지방에서 상경한 대다수 사람들처럼 저도 꽤나 저렴하고 교통이 편리한 봉천동에서 살기로 마음먹었습니다. 집을 구하려 부동산 직원분과 봉천동 곳곳을 돌아다녔지요.

구불구불 복잡한 골목과 닳아버린 계단이 참 위태로워 보였습니다. 그리고 둘러본 집들은 참, 뭐라 말할 수가 없었지요. 곰팡이 핀 벽지, 방범이라고는 되지 않을 것 같은 허술한 창문, 햇빛이 들지 않는 반지하 방, 건너편 집에서 훤히 내다보이는 방까지. '자기 딸에게도 이런 집에서 살아보라며 추천할까?' 하는 생각에 부동산 직원에게 투덜대며 그곳을 얼른 빠져나왔습니다.

상경한 청년이라면 누구나 겪을 법한 일입니다. 그러다 보면 신식 원룸에 사는 이들이 가장 부럽고, 부모님과 함께 살며 방세 걱정이 없었던 그때 그 시절이 참 그리워지기도 합니다.

봉천동은 이런 아쉬움을 가진 이들이 모여 살아가는 공간입니다. 그런데 서서히 봉천동도 변하고 있습니다. 제가 지금 거주하고 있는 집 주변에도 1년 6개월 사이 벌써 세 채의 신식 빌라가 들어섰습니다. 어쩌면 아주 많은 사람이 살아왔을 오래된 자취방은 그렇게 사라지고 있습니다.

오늘도 길가엔 저마다 생필품을 사다 나르는 청년들이 눈에 띕니다. 아마도 자취생들이겠지요. 그들이 사는 곳도 언젠가는 또 다른 신식 건물로 변하게 될까요? 또 내가 사는 이 오래된 주택도 한순간 철거되어 먼지처럼 걷어내질 것이라 생각하니 괜히 마음이 시큰해져 옵니다.

03 사는 곳, 살았던 곳, 살게 될 곳

　벌써 몇 년째, 동네 곳곳에서 들리는 공사 소리에 어느새 익숙해졌습니다. 이사를 올 때는 옆집, 끝나니 뒷집, 요즘은 앞집이 오래된 주택을 헐고 신식 건물을 짓고 있습니다. 이와 관련된 일화도 생겼습니다. 최근 앞집 공사가 시작될 때, 집 현관에 두루마리 휴지 한 세트가 놓여 있었습니다. 철거와 공사를 시작하는 데 양해를 바란다는 말과 함께 말이죠.

　그도 그럴 것이, 이 자취방을 구한 뒤 늘 창문을 닫아둔 채 살고 있습니다. 우리 골목에서만 벌써 세 번째 공사이니 그 먼지를 감당할 수가 없기 때문이죠. 꽁꽁 닫아둔다고 신경 쓰는데도 외출 후 돌아오면 방 안엔 뽀얀 먼지가 쌓여 있곤 합니다.

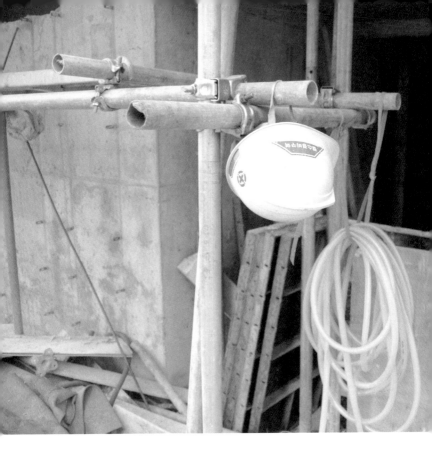

동네 곳곳을 둘러보니 지금도 공사 중인 곳이 꽤 많습니다. 포크레인 소리, 트럭 소리, 공사장 인부들이 외치는 소리, 땅땅거리는 망치질 소리까지. 봉천동의 요즘을 가장 잘 표현하는 소리들이 아닐까 하네요.

좁고 가파른 골목 곳곳에 신축 건물이 들어서다 보니, 누군가가 살고 있을 건물과 시끄러운 공사장이 겨우 한 뼘 거리인

곳도 있습니다. 내가 사는 곳은 아니어서 참 다행이다, 그렇게 생각하곤 하죠.

건물을 헐고, 터를 잡은 뒤 얼마 지나지 않아 새로운 건물이 올라옵니다. 누군가의 자취방이었을 곳은 그렇게 사라지고 또 다른 이의 터전으로 탈바꿈하게 됩니다. 먼지를 폴폴 날리며 요란스럽게도 봉천동은 변화하고 있습니다.

이 요란스런 봉천동은 언제쯤 제자리를 잡게 될까요? 머무르는 이들에게 잠시 거쳐가는 '자취촌'이기에 늘 새로운 변화가 필요하다지만 사는 곳인지, 살게 될 곳인지, 혹은 누군가가 살았던 추억의 동네인지 알 수가 없으니 말입니다.

봉천동은 단지 자취생들을 대상으로 집장사를 하는 동네로만 여겨질 수밖에 없는 것일까요. 적어도 5년차 서울생활 중인 저에게 봉천동은 가장 열정적인 시간과 여유로움의 경계에 선 휴식처입니다. 나만의 공간에서 웃고, 울며 쌓았던 추억이 어떻게 전해질 수 있을지 고민해봅니다.

04 골목골목 추억 투성이

　하루 일과를 끝마치고 저녁에야 집으로 돌아옵니다. 가로등 불빛이 새빨갛게 쏟아지는 봉천동 골목은 오늘도 조금 으스스합니다. 다만 같은 지하철역에 내려 같은 횡단보도를 건너고 우리 집 어귀까지 함께 오는 이들이 있어 조금 든든했습니다.

　바쁘게 집을 향해 걷다 보니 주변을 둘러볼 새도 없이 금세 대문에 열쇠를 꽂습니다. 여자 혼자 어두운 골목길을 걸으려니 괜히 겁이 나기도 할뿐더러 하루 종일 지친 몸을 얼른 내 방 침대에 뉘이고 싶기 때문이지요.

　하지만 평일 오후 봉천동은 조금 다른 느낌을 풍깁니다. 출근시간, 퇴근시간만 피하면 꽤 한적한 곳곳에서 오래된 서울

골목길의 정취를 느낄 수가 있습니다. 이번엔 억지로 시간을 내어 봉천동 곳곳을 둘러보기로 했습니다.

봉천동은 막다른 곳 없이 대부분 구불구불 연결된 골목이다 보니 발길 가는 곳 모두가 집으로 가는 길입니다. 다만 도시 정비가 완벽하지 않아 오르락내리락, 힘들 수 있으니 편안한 신발이 필수품이지요. 늘 가던 길을 벗어나 동네 곳곳을 오르내리다 보니 신기한 풍경이 많습니다. 어설프게 마감된 시멘트 담장과 삐뚤빼뚤 설치된 전기계량기가 시선을 끌었습니다. 오래되어 낡은 그 풍경이 참 보기 좋은 날이었습니다.

동네 어르신이 손주를 위해 설치해두었을 것만 같은 간이그네도 참 예뻤습니다. 앉아보고 싶었지만 오늘은 그만 발걸음을 돌렸습니다. 누군가의 추억일 수 있는데, 제가 고장 낼 수는 없으니까요. 그래도 다음에 동네산책 때는 꼭 조심스레 앉아봐야지 하는 다짐을 해봅니다.

겨울이 다가오니 봉천동에도 노을이 조금 이르게 찾아옵니다. 건물 사이로 바라본 하늘엔 반달이 예쁘게 걸려 있었습니다. 저 달이 밝아지고, 하늘이 어두워지면 한적하게 걸었던 봉천동 길 곳곳에 귀가하는 이들의 발걸음이 이어질 것입니다.

화려한 동네도 아니고, 깨끗하게 지어진 건물과 반듯한 길이 이어지는 곳도 아닙니다. 그러나 개발이 완벽히 이루어지지 않은 골목골목의 봉천동은 그만의 정취가 있습니다. 오랜 시간이 지나고 다시 이곳을 찾았을 때, 제 추억도 누군가에게 정취로 느껴지길 바라며 사진 몇 장을 남겨봅니다.

05 오늘도 따뜻한 밥 한 그릇, 추억 한 그릇

엄마가 차려준 밥상이 그리운 날입니다. 가끔 고향에 다녀올 때 바리바리 챙겨온 집반찬도 어느새 빈 통만 쌓여가고 있으니, 대충 묶어둔 10킬로그램짜리 쌀 자루는 아무런 소용이 없습니다. 언제 샀는지 기억도 나질 않는 저 쌀. 다 먹어야 할 텐데요.

오늘은 라면이 먹기 싫어서 물 한 모금 마시지 않은 빈속으로 거리로 나섰습니다. 오늘도 3,800원짜리 백반집에서 끼니를 때웠습니다. 혼밥이 전혀 외롭지 않은 이곳은 봉천동에 사는 자취생이라면 누구나 한 번쯤은 들러보았을 법한 곳입니다.

TV에도 소개된 적이 있다는 이 백반집은 겨우 3,800원에 따끈한 찌개와 몇 가지 반찬, 그리고 무한 리필되는 밥으로 식사를 할 수 있는 곳입니다. 얼마 전까지만 해도 3,500원이었다고 하네요. 식당 들어서는 곳에 세워진 현수막, 벽에 붙은 메뉴판에 숫자 하나를 가릴 만큼의 작은 시트지를 얼기설기 붙여 가격을 고쳐두었습니다. 흐르는 세월과 오르는 물가를 이런 곳에서 느낄 수 있다고나 할까요.

모두 4인용 테이블이지만 이곳의 가장 특이한 풍경은 한 테이블에 한 명씩, 그것도 같은 방향을 보고 앉은 1인 손님이 많다는 것입니다. 꼭 교실에 앉은 것처럼 TV를 향해 앉아 제각각으로 식사하는 모습이 색다르게 느껴집니다. 물론 저도 그중 하나구요.

혼자 식당을 찾아 4,000원도 되지 않는 한 끼 식사를 주문하지만, 그 누구 하나 눈치주지 않는 곳. 게다가 덮밥과 반찬을 원하는 대로 먹을 수 있다니! 대학가에서나 만나볼 법한 백반집이 봉천동에도 있었답니다. 자취생에게 꼭 필요한 '집밥 같은 혼밥' 식당이 앞으로도 쭉 영업을 계속했으면 좋겠네요.

요즘 저녁만 되면 봉천동의 한적했던 길이 붐비기 시작합니다. 바로 '샤로수길'인데요, 봉천동 인근 관악산 자락에 자리한 서울대학교 입구 조형물이 꼭 '샤'처럼 읽힌다는 이유로 이곳의 이름이 지어지게 되었습니다. 불과 몇 년 사이 이곳은 봉천동의 명물이 되었습니다.

    샤로수길에서는 네다섯 개의 테이블이 옹기종기 모인 작은 점포에서 소박하게 추억을 쌓는 이들을 만나볼 수 있습니다. 큰 프랜차이즈 식당, 카페와는 달리 저마다의 특별함을 지닌 점포가 매력적인 곳입니다. 서울 곳곳에 이런 작은 술집, 밥집, 카페를 내세운 길목이 유행처럼 번지고 있는 만큼 봉천동에도 작은 가게들이 들어서기 시작했습니다.

아주 오래된 중고 책방이 있었던 곳은 예쁜 인테리어로 탈바꿈해 동네 서점이 되었고, 아주 오래된 간판이 위태로웠던 정육점은 이제 '혼술 환영'이라는 문구를 붙여놓은 퓨전 정육점으로 변하였습니다.

봉천동의 이런 변화가 반가운 것은 자취생들의 소박한 삶과 닮아 있는 공간들이 들어섰기 때문입니다. 자취생이 넓지 않은 공간을 마음대로 가꾸며 요즘 유행하는 '셀프 인테리어'를 마음껏 즐길 수 있듯, 작은 점포들도 마찬가지이기 때문입니다.

가끔 고향 친구들이 놀러올 때가 있습니다. 그런 때엔 제 작은 자취방보다는 봉천동의 작은 술집, 밥집으로 친구들을 초대합니다. 제 삶과 다르지 않으면서도 서울지앵의 특별한 라이프스타일을 느낄 수 있는 곳이라 생각하기 때문이죠.

태국이나 베트남과 같은 동남아 요리 전문점에서 가장 빠르게 유행하는 음식을 맛볼 수도 있고, 사장님이 정성스레 내려준 따뜻한 아메리카노의 묘미를 맛볼 수도 있구요. 따뜻한 날엔 작은 골목 양쪽으로 들어선 테라스에서 맥주 한 잔을 마시며 도란도란 이야기를 나눌 수도 있습니다.

봉천동이 그저 그런 주택가, 자취촌이라는 이미지에

서 벗어날 수 있도록 하는 '샤로수길'에는 사람이 붐비고 있습니다. 방송에 소개된 여러 맛집은 물론 매일 줄을 서야만 맛볼 수 있는 작은 덮밥집까지, 봉천동이 점점 세련되게 바뀌고 있으니 꼭 찾아보시길 추천드려요.

06 오늘도 서울지앵

　오늘도 저는 서울지앵입니다. 가끔 업무를 위해 종로나 홍대, 강남 일대로 갈 때에는 30~40분이면 충분하죠. 봉천동은 서울 시내 전역으로 편리하게 이동할 수 있는 교통의 요지입니다. 서울 전역을 순환하는 2호선의 서울대입구역과 낙성대역 사이에 자리 잡고 있기 때문입니다.

　뿐만 아니라 버스 노선도 매우 다양하게 구성되어 있어, 봉천동에는 여전히 서울 전역에서 일하고 공부하는 이들이 모여 듭니다. 출퇴근 시간을 줄이기에 매우 용이하고 주요 업무지구인 강남, 종로 등에 한 번에 닿을 수 있는 곳이기도 합니다.

　다만 제가 대학원을 다니고 있는 지금 학교를 가기 위해서

는 2호선에서 4호선, 또 1호선으로 갈아타 한 시간 넘게 이동해야 합니다. 아침 1교시 출석을 위해서는 7시 반에 집을 나서서 붐비는 지옥철에 억지로 몸을 끼워넣어야 하지요.

지인들은 모두 학교 주변으로 자취방을 옮기라고 하지만 저는 아직도 봉천동을 벗어나지 않고 있습니다. 아니, 떠날 수 없다는 것이 맞겠지요.

아직 방 계약기간도 9개월이나 남았고, 제가 자주 다니는 카페, 단골 포차, 가끔 기분 전환을 위해 들르는 네일아트 숍까지 이곳에 있습니다. 서울에 자리 잡고 5년을 살아온 이 동네는 대학을 다닐 때 느꼈던 자유와는 또 다른 세상을 만들어주고 있습니다. 쉽게 떠날 수 있다면 저는 봉천동에 대한 글을 쓰지도 않았을 것 같습니다.

오늘은 큰길가에 있는 편의점 야외 테이블에 가만히 앉아

동네를 둘러보았습니다. 차들이 끊임없이 오가고 어른아이 할 것 없이 바쁘게 길을 건넙니다. 8차선 도로가 가로지르는 봉천동에 따뜻하게 노을이 내려앉고 있었습니다.

저도 매일을 바쁘게 오갔던 길이 오늘은 참 포근하게 느껴집니다. 부모님과 떨어져 지내는 생활이 가끔은 버겁고, 낮은 천장의 자취방이 답답할 때도 있었지요. 하지만 이곳은 분명 제 20대 청춘이 머무르는 곳입니다.

아마 결혼을 해 새로운 집을 구할 때까지는 이 봉천동에 제 터전이 자리 잡고 있지 않을까요? 봉천동에서의 삶이 가끔은 지치고, 마주하는 사람들과 가까워질 수 없음에 답답하기도 하지만 소박한 이 생활이 그리워질 때도 있겠지요.

아버지의 희망처럼 저는 여전히 대구로 돌아갈 생각이 없습니다. 아직도 '대구 시민'이지만 저는 '서울지앵'입니다. 작은 월세 자취방에서 소박하게 살아가고 있지만 이곳에서 제 꿈은 점점 커져만 가고 있습니다.

첫 직장을 그만두고 대학원에 지원했을 때, 스물여섯의 저는 오른쪽 사진과 같은 글을 SNS에 남겼습니다. 정말 특별한 일이 반복되었던 한 해였습

니다. 한 해의 끝에 닿아 더 특별하고, 좋은 일이 있길 기대했던 자취생은 여전히 행복한 나날을 보내고 있습니다. 모두 자취를 했기에, 집의 지원을 벗어나 더 큰 세상을 바라볼 수 있었기에 가능한 일이었다고 생각합니다.

　자취는 큰 의미를 가집니다. 그리고 자취를 하기 위한 터전이 되는 동네는 특별하지 않아도 추억이 쌓이는 동네가 될 수 있음을 잊지 말아야 합니다. 자취를 꿈꾸고 있다면 혹은 자취를 하며 더 나은 삶을 꿈꾸고 있다면 '봉천동'에 자리를 잡아보는 것은 어떨까요?

　봉천동은 점점 변화하며, 또 더 나은 동네로 발전하고 있습니다. 낡은 집을 허물고 새로운 빌라가 들어서는 모습에서 자취생들의 세대교체를 느낄 수도 있지요. 이제 더 나은 환경에서 새로운 자취의 시대에 뛰어들어보는 것은 어떨까요?

　서울생활 5년차 대구시민이 바라본 봉천동에 여러분을 초대합니다. 더 큰 세상으로 나아갈 수 있는 발판으로의 터전, 어제와 오늘이 함께하고 있는 봉천동에서 '서울지앵'으로 변신해보세요.

면막동기 저지화야 어마혜이

종로구
혜화동

글·사진 | 이 종 현

2010년, 대학로 뮤지컬 <우연히 행복해지다>로 데뷔하여 올해로 배우 8년차에 접어들었습니다.

한동안 TV, 영화 등 다른 매체에서 연기 활동을 하다가 얼마 전 다시 혜화동으로 돌아왔습니다.

다시 찾은 대학로에 대한 낯설음과 아쉬움을 썼습니다.

어쩌면 마지막
혜화동 이야기

내 꿈을 처음으로 펼쳤던, 그 시절 내 삶의 터전이었던 혜화동은 너무도 많이 변했습니다. 아담한 소극장이 사라진 자리에 번쩍번쩍한 빌딩들이 들어섰습니다. 파전 냄새 나던 정겨운 막걸리 집을 이제는 프랜차이즈 술집들이 대신합니다.

대학로 공연들도 온통 돈이 되는 상업극 투성입니다. 오랜만에 다시 들른 혜화동은 참 낯설고 당혹스럽습니다. 다시 찾은 혜화동에 대한 이 글은 새것에 밀려 사라져버리는 것들에 대한 이야기입니다. 내가 기억하는 옛날의 혜화동, 다시금 복원하고 싶은 혜화동 속 나의 이야기입니다.

아주 어쩌면 나의 마지막 혜화동 이야기일 수도 있습니다.

01 대학로, 애증의 공간으로 다시 돌아오다

공연 출연료는 회차당 O만 원이에요.

차마 액수는 밝히지 못하겠지만, 분명한 건 데뷔작 때 받았던 출연료보다 낮은 금액이었다. 당황스러웠다. 더 당황스러운 것은 적은 금액임에도 단번에 거절하지 못하는 내 모습이었다. 오랜만에 연극을 다시 하는 입장이라 돈보다 무대에 서고 싶다는 마음이 더 컸다.

"같은 배역 맡은 배우들 중 한 명이 연예인이고, 한 명은 대학로 스타예요!"

다른 배우들 얘기는 묻지도 않았다. 그저 공연 스케줄을 맞

줘달라는 내 요구에 제작사 관계자가 피운 거드름이었다. 내 요구에 대한 답변이었을 거다. 출연료도, 공연 스케줄도 내 의사는 하나도 포함되지 않은 계약서에 차분한 마음으로 서명을 했다. 대학로에서 무명 배우는 '을'이란 사실을 잘 알기에 차분할 수 있었다. 세상의 모든 을들이 그런 것처럼.

제작사 건물을 나오자 배가 고팠다. 하필 늦잠을 자서 아침밥을 못 챙겨 먹었고, 하필이면 계약 순서가 바뀌어서 한 시간이나 더 밀렸기 때문이다. 가까운 국밥집으로 들어가 국밥을 시켰다. 새로 생겼는지 예전에는 보지 못한 집이었다. 국밥이 나오고 뜨끈한 국물을 한 수저 떴는데 울컥 목이 메었다.

분명 뜨거운 국밥 국물이 목을 타고 내려가 마음 깊숙한 곳 그 무엇을 건드렸을 터다. 눈물이 났다. 당혹스러웠지만 연신 코를 훌쩍거리며 국밥을 푹푹 떠먹었다. 나만 제자리인 것 같

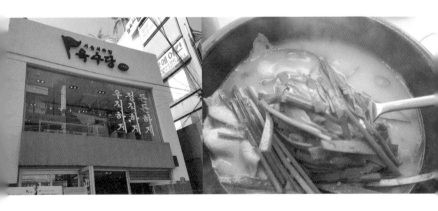

고, 대접 못 받는 것 같은 온갖 서러움이 물밀 듯이 밀려왔다. 하지만 서러움보다 큰 게 당장의 배고픔이었다.

나는 사람들에게 우는 것을 들키지 않으려 눈물을 훔쳐가며 허겁지겁 국밥을 먹었다. 국물까지 싹 비우고 허기가 달래지자 이상하게 감정이 추슬러졌다. 그리고 어디 한 번 해보자는 오기가 꿈틀거렸다. 무엇보다 이 집 국밥이 정말 눈물 나게 맛있다는 생각이 머릿속을 가득 메웠다.

수육국밥이라고 서울식 돼지국밥인데, 국물이 진하면서 깔끔했다. 국밥에 든 살코기도 야들한 것이 입에서 녹아내렸다. 물론 돼지 냄새 팍팍 나는 부산식 돼지국밥을 좋아하는지라 어딘가 심심했지만, 밑반찬으로 나오는 정구지를 듬뿍 넣어서 먹으면 부산에서 먹던 맛과 얼추 비슷했다. 나의 배고픈 마음을 채우기엔 더할 나위없는 한 끼다.

대학로, 참 많이도 변했네….

아메리카노를 테이크아웃하여 마로니에 공원 어느 벤치에 앉았다. 산을 오를 때는 눈에 띄지 않던 꽃이 하산할 때 보인다고, 배부르고 여유 있자 대학로의 외관이 눈에 들어왔다. 높은 빌딩, 프랜차이즈 가게들, 커피숍이 들어선 마로니에 공원… 바뀌지 않은 곳이라곤 내가 앉은 요 벤치뿐이다. 많이 변한 모습에 낯설음이 밀려왔다.

처음 혜화동을 방문했던 때가 생각난다. 어느 이름 모를 연극을 보았던 것 같은데, 내용이 떠오르진 않지만 그날 대학로의 분위기는 생생하다. 대학로에는 연극을 보러 가는 사람들의 설렘이 있었고, 공연을 하는 예술인들의 열정이 넘쳐났다. 파전 굽는 냄새와 젊은이들의 시끌벅적함이 이질적으로 공존하는 것이 뭔가 오묘하게 어울렸다.

아날로그의 정취 속에서 청춘의 열기 같은 것이 피어오르는 느낌이랄까? 나는 단숨에 혜화동 풍경에 매료되었다. 자연스럽게 그 풍경에 스며들었고, 2년 남짓한 시간을 혜화동에서 보냈다. 혜화동에 거주하며 대학로에서 공연을 했던 동안 나와 혜화동은 서로의 사정을 공유하는 관계로 발전했다. 나는 월요일 오전, 대학로 마로니에 공원의 한적함을 알고, 혜화동은 내가

무대에서 가장 빛났던 순간을 기억한다. 나는 서울의 전경이 가장 아름답게 보이는 낙산공원의 뷰포인트를 알고, 혜화동은 오디션에 떨어져 낙심한 채로 거리를 거닐던 내 뒷모습을 안다. 나와 혜화동은 서로의 찬란했던 순간과 비참한 최후를 속속들이 꿰고 있다. 어쩌면 혜화동은 나를 가장 잘 아는 오랜 벗일 수도 있겠다.

나는 세상에 가장 아름다운 꿈을 꾸고 싶다!

녹록하지 않은 배우의 삶에 지쳐 잠시 혜화동을 떠났고, 다시는 대학로를 찾지 않으리라 다짐했는데, 사람 일은 참 모를 일인지 이렇게 아메리카노를 들고 마로니에 벤치에 앉아 있다. 그간 내색은 안 했지만 대학로가, 소극장 무대가 무척이나 그리웠던 것 같다.

다시 만난 대학로는 오랜 친구처럼 반갑지만, 뭔가 서먹하기도 하다. 솔직히 처음에는 나는 그대로인데 대학로는 발전한 것 같아 자괴감 같은 것이 들기도 했다. 그런데 찬찬히 주위를 둘러보니 변해버린 혜화동이 어쩐지 애처롭다. 나는 이제야 어울리는 소극장으로 돌아왔는데, 대학로는 제 몸에 맞지 않은 옷을 입고 있는 것 같아 마음 한구석이 짠하다.

오지랖 같지만 문득 혜화동에게 꼭 맞는 옷을 찾아주고 싶다는 생각이 들었다. 그 옛날 혜화동의 풍경, 아날로그와 청춘이 공존하던 분위기, 나와 혜화동이 공유하던 젊은 날의 이야기를 글로 쓰는 것은 어떨까? 우리의 이야기를 사람들이 알게 되고 공감해준다면, 혹시라도 변해가는 혜화동의 발걸음을 멈추게 할 수도 있지 않을까?

어쩌면 나를 위한 찬가가 될 수도 있을 것이다. 대학로에서 있었던 과거의 일들을 추억하고, 변해버린 대학로에 적응하는 이야기들은 대학로에서 다시 연극을 시작한 나에게 용기를 불어넣을 것이다. 다시는 현실에 지쳐 흔들리지 않도록 마음속에 담대함을 쌓아 올려주리라 기대한다.

나는 꿈꾼다. 혜화동에 다시금 파전 냄새가 풍겨나기를. 내 공연이 많은 사람에게 즐거움을 주기를. 젊은 연극인들이 찬란하게 빛나는 소극장이 빼곡하게 들어차기를. 마로니에의 한적한 여유로움과 낙산공원의 천사벽화가 다시 생겨나기를 간절하게 바란다. 내 글이, 사람들의 관심이 혜화동에게 옛 모습을 되찾아줄 거라 믿는다.

02 수동이와 미루_공연 이야기

대학로에 돌아와서 몇 편의 공연을 무대에 올렸다. 공연 이야기를 해보려 한다. 배우에게 공연 이야기는 말하고 말해도 지겹지 않은 에피소드 화수분이다. 더구나 공연을 통해 인생을 배우는 나에게 있어 공연은 내 삶의 이야기나 마찬가지다. 관심 없더라도 친구의 푸념이라 생각하고 들어주길 바란다.

수동이와 미루는 내가 공연에서 연기한 캐릭터의 이름이다. 수동이는 작년 봄에 만난 친구이고, 미루는 올 봄부터 지금까지 함께하는 아이다. 수동이와 미루를 한마디로 비교하자면 상극 그 자체다. 내가 대본에 캐릭터를 분석하며 써 놓은 글귀를 보면 둘의 성격을 고스란히 알 수 있다.

수동이는 쪼잔하고, 찌질하고, 소심하고, 냉소적이고, 자격지심이 있고, 시니컬하다. 고학력이지만 비논리적이고, 자신의 삶에 만족하지 못한다. 핵심만 나열했는데도 벌써부터 부정적인 기운이 스멀스멀 올라온다.

미루는 일단 다섯 살 어린 아이라 귀엽고, 순수하고, 낙천적이고, 장난기가 많다. 의외로 어른스러운 구석이 있으며, 판타지적인 요소도 있다. 열거된 단어들에서부터 싱그럽고 긍정적인 에너지가 발산된다.

수동이와 미루는 극명하게 다른 성격을 지니는데, 신기하게 공연을 본 지인들은 두 인물 모두가 나와 꼭 맞는다고 입을 모은다. 둘은 극단적으로 다른데 말이다. 수동이와 미루가 각자의 성격을 구축한 데에는 그들만의 비밀이 있다.

아버지 없이 홀어머니 밑에서 자란 수동이는 고등학교 때 자기를 괴롭히던, 세상에서 제일 싫은 친구와 한 형제가 된다. 하필이면 어머니가 그 친구의 아버지와 재혼을 한 것이다. 시간이 흐르고 부모님이 여행을 가는데, 그 친구가 공항까지 데려다주다 교통사고가 나서 부모님이 돌아가신다. 수동이에겐 세상의 전부였던 어머니가 한순간에 사라진 것이다. 공연은 상을 치르고 텅 빈 집에 수동이가 들어서면서 시작된다.

처음 대본을 받고 수동이를 마주했을 때, 정말 비호감이라고 생각했다. 나와 성격적으로도 맞지 않았고, 도대체 왜 이렇게까지 매사에 날이 서 있을까 이해되지 않았다. 그런데 수동이의 이야기를 차분하게 돌이켜보니 극단적인 그의 성격에 수긍이 갔다. 그럴 수밖에 없었겠구나, 고개가 끄덕여졌다.

스포일러가 되기에 수동이가 끝까지 감추려 했던 비밀을 발설할 수는 없지만, 비밀을 알

게 된다면 수동이가 외려 가여워진다. 어딘가 짠해지고, 참 못났는데 안아주고 싶은 마음이 든다. 나는 가끔 예전에 찍힌 무대 위 수동이의 사진을 보고 있으면 눈물이 울컥 치솟는다. 그에게 다가가 어깨를 토닥여주며 위로해주는 상상도 한다.

괜찮다, 다 괜찮다, 네 잘못이 아니잖아.

나는 메소드 연기를 지향하지도 않고, 연기를 할 때 완전하게 그 인물이 되기보다는 인물에 배우의 개성이 묻어나는 것이 자연스럽다고 생각한다. 그래서 공연이 끝나고도 캐릭터에서 빠져나오지 못해 마음고생을 하는 배우들의 체험에 공감하지는 못한다.

그런데 이따금씩 수동이를 떠올리며 마음속에 무언가가 치솟을 때, 공감하지 못했던 배우들의 심정이 헤아려지기도 한다. 공연 속 캐릭터를 연기하며 살면, 자연인으로서 일상생활을 할 때에도 자연스럽게 캐릭터의 성격이 묻어 나온다. 수동이로 살 때는 솔직히 좀 울적한 마음이 따라다녔다. 일주일에 몇 번, 한 시간 반 동안이지만 미워하고, 슬퍼하고, 불안해하면 내 마음도 어쩐지 어두워지는 것 같다. 어둠의 감정들이 켜켜이 쌓이는 데 감당할 수 있는 사람은 드물 것이다.

공연을 하며 울기도 참 많이 울었다. 그도 그럴 것이 수동이의 이야기는 부모님이 돌아가신 이후부터 시작하지 않는가. 한 가지 좋은 점이 있다면, 한바탕 울고 나면 내 마음까지 한결 후련해진다는 것이다. 우는 건 수동이인데 자연인 이종현의 마음이 치유를 받는다. 공연 말미 수동이가 자기 비밀을 털어놓는 장면에 이르면 대리만족은 최고에 다다르게 된다.

사실 나는 내 속마음을 누군가에게 털어놓고 이야기하는 데에 익숙하지가 않다. 그것이 개인적 상처고, 비밀이라면 더더욱 그렇다. 그래서 마음 깊숙한 치부를 드러내는 수동이를 연기하면서 나는 고백이라는 감동적 상황을 체험했다. 대리만족임에도 고백이 주는 카타르시스는 대단하다.

내가 어디 가서 내 속사정을 털어놓을 수 있겠는가? 어쩌면 그 찌질한 수동이는 참 용감한 친구인지도 모르겠다. 상처를 누군가에게 꺼내놓는다는 것은 나로서는 히말라야 등반보다 어려운 일이기 때문이다. 수동이로 살면서 힘들기도 했지만 얻어가는 것도 분명히 있다.

물론 감정적으로 조금 힘에 부칠 때도 있지만, 그럴 때는 극장 앞에 있는 맥주집에서 호가든 생맥주 한 잔이면 만사 오케이다. 공연에서 열렬하게 감정을 쏟아 붓고 나와 시원한 호가든 생맥주를 들이키는 맛을 세상 무엇과 비교할 수 있을까? 아마 벨기에에서도 이 맛을 찾지 못할 거다.

미루로 살아가는 요즘은 전혀 다른 분위기다. 미루는 수동

이와 달리 밝고 긍정적인 감정을 내뿜는 아이라서, 공연을 하는 자연인 이종현도 매사가 즐겁다. 약간의 부작용이 있다면 다섯 살 아이처럼 유치해지기도 한다는 점이다.

　미루는 삼촌과 누나와 노는 것이 제일 좋은, 세상에 걱정이 하나도 없는 아이다. 언제까지나 어린아이로 살면 된다는 다소 낭만적인 말을 진실로 하는 천진난만한 '어른동생'이다. 사실 미루는 몸은 다섯 살이지만 마음속 나이는 서른네 살이다. 말도 안 되는 일이겠지만 동화 속 판타지 정도로 이해해주면 좋겠다. 미루는 날 때부터 서른네 살로 태어났고, 몸의 늙음과는 별개로 죽을 때까지 서른네 살로 살아간다. 사건은 미루의 비밀을 열두 살 누나에게 들키면서 시작된다.

공연에서 미루는 다섯 살 어린아이의 모습과 서른넷 어른의 모습을 횡단한다. 다섯 살 어린아이의 모습을 연기할 때면 나의 어린 시절을 자연스럽게 회고하게 된다. 다섯 살 때 기억은 잘 나지 않지만, 그 나이 언저리의 추억을 상기하며 어린아이의 감성이나 행동을 찾는다.

엄마한테 장난감을 사달라고 떼쓰던 기억, 동네아이들과 숨바꼭질하던 풍경, 누나 손을 꼭 잡고 큰길가에 붕어빵을 사먹으러 가던 일까지 모두가 생생하게 떠오른다. 걱정 없이 행복하던 시절이다. 이제 와 추억해보니 하나같이 아름답고 소중한 순간들이었다. 그 옛날의 감성을 불러와 공연 캐릭터에 불어넣는 작업은 참 재미있다.

공연을 하면서 조카들하고 더 친해지기도 했다. 애석하게도 나는 조카들을 예뻐하지만 잘 놀아주는 삼촌은 아니다. 미루를 연기하면서 조카들을 관찰하게 되었고, 그들과 눈높이를 맞춰 놀아주는 방법을 터득하였다. 나이를 한 살 한 살 먹으면서, 대학원을 들어가 학식을 높이면서, 언제부턴가 점잔을 빼는 것에 익숙해졌다. 아무런 생각 없이 정말 즐겁게 놀아본 때가 언제였는지 기억도 잘 안 난다.

공연을 핑계 삼아 무대에서 어린아이처럼 신명나게 놀고 나면 얼마나 개운한지 모른다. 어느새 염세적으로 변해버린 내 마음속 한 켠에도 어린아이의 유치함이 남아 있었던 것 같아 신기하다. 그동안 내가 얼마나 가식적이었고 감정에 솔직하지 못했는지 새삼 반성하기도 한다.

우리는 언제부턴가 진지한 걸 추구하고, 격식을 따지며 살아가는 삶이 품위 있는 것이라고 착각하고 있다. 형식에 얽매일수록 삶이 팍팍해지는 줄도 모르고 말이다. 남의 시선을 신경 쓰며 사회가 만들어놓은 규범에 갇혀 자유롭지 못하다. 어찌 보면 세상은 그리 복잡하지 않을 수도 있는데, 인간이 외려 복잡하게 만들고 있는지도 모르겠다.

삼시 세끼 잘 먹고, 좋은 사람들과 어울리며 즐겁게 살아가는 것만으로 충분히 우아한 삶일 수 있다. 무엇보다 내가 좋아하는 일을 맘껏 즐길 수 있는 것이 인생의 가장 큰 축복이자 품위이지 않을까? 미루의 말처럼 언제까지나 어린아이처럼 살면 된다. 순수하고 솔직하게, 우리도 인생을 즐길 수 있다.

요즘 공연이 있는 날에 짬이 날 때면, 극장 앞 카페에 앉아 커피를 마시는 일이 취미가 되었다. 노천 테이블에 앉아 따사로운 햇볕을 쬐며 아이스 아메리카노를 마시면 이보다 좋을 수는 없다. 거리 풍경도 얼마나 아기자기하고 예쁜지 지나는 사람들마저도 그림이 된다.

카페에서 즐기는 한가로운 시간이 나에게 있어 얼마나 큰 여유로움이고 즐거움인지 모른다. 이따금씩은 행복하다고 느낄 때도 있다. 어쩌면 행복은 우리가 생각하는 것처럼 크거나 대단하지 않은 것일 수도 있겠다. 햇볕 한 조각에 아메리카노 한 모금, 그것만으로도 충분히 행복은 성립된다.

그렇게 생각해보면 일상 속의 소소한 행복을 누리는 내 삶은 얼마나 화려한가. 언제 끝날지 모르는 이 화려함을 나는 충분히 감사해하며 즐기련다.

03 마로니에 공원의 어제와 오늘

마로니에 공원은 그야말로 대학로의 심장이다. 혜화동 대학로에 오면서 마로니에 공원을 한 번이라도 들르지 않는 사람은 아마도 없지 싶다. 얼마 크지도 않은 공원이 유서는 깊어서 내뿜는 기운이 상당하다. 예술인들의 예술혼과 청년들의 열정이 집대성된 곳이라고 하면 지나친 표현일까? 특별한 공원임에는 분명한 것이 어딘가 사람의 마음을 붙드는 힘이 있다.

마로니에 공원은 가는 길부터가 예사롭지 않다. 혜화역 2번 출구로 나오면 마로니에 공원이 나오는데, 올라오는 계단 벽면엔 항상 연극 포스터들이 줄지어 붙어 있다. 자연히 걸으면서 수많은 연극 포스터들을 보게 되고. 마치 연극의 세계로 들어가는 느낌을 받는다. 그러고서 마주하는 곳이 바로 마로니에 공원이니 연극 세계의 중심부나 다름이 없다.

옛날에는 마로니에 공원 앞에 '사랑티켓' 운영소가 있어서 연극을 보러 오는 학생들은 으레 이곳을 찾았다. 사랑티켓은 학생들에게 저렴한 가격에 표를 판매하는 곳으로, 대학로에서 공연되는 대다수 연극 팸플릿이 모여 있기도 했다. 많은 학생이 사랑티켓을 통해 공연 예매를 하였고, 일반 관객들도 제법 이곳을 찾았다.

자연스럽게 사랑티켓 운영소는 공연 나들이를 온 사람들의 약속장소가 되었다. 이곳에는 공연을 예매하는 사람들의 기대감과 친구를 만나기 위한 기다림이 있었다. 다른 공원에는 없는 특별함이다. 물론 지금은 사라지고 없다.

마로니에 공원에 특별함을 더해주는 명물이 있었는데, 바로 아르코 예술극장 앞에서 거리 공연을 하는 두 명의 예술인이다. 이분들을 뭐라고 설명해야 할지 고민이 된다. 한 분은 가수 나훈아를 닮은 개그맨이고, 한 분은 중년 아저씨 인상에 목소리가 걸걸했다. 두 분은 콤비를 이뤄 담벼락 위를 무대 삼아, 마로니에를 찾은 사람을 위해 무료공연을 했다.

개그맨분이 기타를 치며 노래하면, 목소리 걸걸한 분이 큰소리로 흥을 돋운다. 둘이서 짜온 콩트도 선보이곤 했다. 한마디로 음악과 썰이 어우러진 일종의 만담식 개그 공연이다. 그런데 TV 개그 프로그램보다 곱절은 재밌어서, 두 분이 공연할 때면 관중이 구름떼처럼 모인다. 마로니에 공원 한쪽 길을 가득 채우고도 모자랄 정도다. 대학로를 찾은 사람은 돈 안 내고 최고의 공연을 보는 횡재를 하는 것이다. 마로니에에는 사람들의 웃음소리로 가득했다. 물론 이 역시도 사라지고 없다.

마로니에 공원 한 쪽에는 커다란 무대가 있었다. 주인 없는 무대는 대학로에서 공연하는 예술인들 모두를 위한 곳이었다. 나는 때때로 무대가 비어 있을 때면 올라가서 공연에 나오는 장면을 연습하곤 했다. 실제 무대에 선 양, 뮤지컬 넘버를 부르기도 하고, 안무를 춰보기도 했다.

밤이면 공연하는 사람들과 함께 맥주와 과자 몇 봉지를 사들고 가서, 시쳇말로 노상을 까기도 했다. 같은 공연을 하는 사람들끼리 둘러 앉아 연습하면서 힘들었던 이야기, 작품 내용에 대한 서로의 견해들을 나누다 보면 밤이 새는지도 몰랐다. 가끔은 무대에 누워 밤하늘의 별을 보기도 했다. 자리는 누추할지언정 우리의 이야기와 시간은 위대했다. 지금 무대는 사라지고 없고 그 자리에 커다란 카페가 들어섰다.

대학로는 나의 20대를 온전하게 바라보았다. 나는 공연을 하러 가기 전에 마로니에 벤치에 앉아 마음을 추스르곤 했다. 오디션에 떨어져서 낙심한 마음을 마로니에 벤치에 앉아서 풀기도 했다. 공연 팀에서 나를 힘들게 하는 사람 욕을 할 때에도, 고민하는 동료의 하소연을 들을 때도 마로니에 벤치를 찾았다.

마로니에 공원은 나의 여유로운 한때와 축 처진 어깨와 세세한 인간관계까지 알고 있다. 인간 이종현의 실체를 속속들이 알고 있겠지? 그래도 마음이 놓이는 것은 마로니에는 말이 없기 때문이다. 말없이 내 모든 이야기를 들어주는 든든한 친구 같다고나 할까? 그래서 나에겐 마로니에가 더 특별하다.

며칠 전 토요일에 공연을 하려고 대학로를 갔다. 버스가 마로니에 공원 앞 정류장에 서고, 마침 시간도 남기에 둘러볼 요량으로 공원을 찾았다. 이른 시간인데도 공원이 시끌벅적했다.

무슨 일인가 싶어 발길을 재촉했더니 아니나 다를까 눈앞에 신기한 광경이 펼쳐졌다.

마로니에 공원 안에 장이 들어서 있었다. 공원 한복판에 하얀 천막지붕이 줄지어 들어섰고, 안에서는 여러 소상인이 각양각색의 상품을 팔고 있었다. 유기농 채소부터 과일, 잼, 식료품, 효소, 차, 공예품, 천연비누, 향수, 먹거리들까지 희귀한 상품이 한자리에 모여 있었다. 시식코너 혹은 체험코너도 잘되어 있고, 상인들의 활기찬 에너지도 넘쳐나고, 무엇보다 상품 진열이 예쁘게 되어 있어 장을 둘러보는 재미가 있었다.

날씨까지 좋아 지붕들 사이사이 내리쬐는 햇살이 어우러져 흡사 크로아티아에 있는 시장 같아 보였다. 참으로 이국적인 풍경이었다. 비행기를 타지 않고도 충분히 유럽의 기분을 느낄 수 있으니 얼마나 좋은가. 그래서인지 마로니에 장은 사람들로 인산인해를 이루었다.

마로니에 장 구석구석을 살피며, 시식도 하고 사진도 찍는 즐거운 시간을 보냈다. 비스킷에 올린 바질페스토도 맛보고, 수제 햄 시식도 하였다. 시간만 많았더라면 유기농 채소도 좀 사고, 바리스타가 내려주는 커피도 마셨을 것이다. 공연 준비 때문에 아쉬운 마음으로 발걸음을 극장으로 돌렸다.

극장으로 가는 길에 문득 이런 생각이 들었다. 마로니에 공원에 이렇게 시끌벅적하고 활기찬 기운이 가득했던 적이 있었던가? 물론 전에도 거리 공연에 사람들이 모여들었고, 공연을 보러오는 청년들이 붐볐던 적도 있었다. 그러나 지금 마로니에 장에서 느끼는 시끌벅적함은 전과는 분명 다른 것이었다. 형언할 수는 없지만, 날것 같이 살아 있는 활기참이다.

도대체 이 생경한 기운은 어디서 비롯되는 것인지 궁금했다. 아마도 산업 현장이 안겨주는 노동의 신성함이 아닐까. 시장은 먹고살아가기 위한 인간의 본능이 뛰노는 곳이다. 내가 키운 농작물을 팔고, 내 자식을 먹이기 위한 식자재를 사고, 상품과 화폐를 교환하는 인간의 활동이 동시다발적으로 벌어진다. 단돈 만 원으로 상인의 노고를 치하할 수 있으며, 손님의 기대감을 부풀게 할 수 있다. 물건을 파는 사람이나 사는 사람 모두 웃을 수 있는 시장은 신성하다.

본디 마로니에 공원은 대학로의 중심으로, 공연 예술의 혼이 깃든 장소다. 예술의 땅 위에서 시장의 신성함이 꽃을 피우니 참 아름다운 광경이다. 예술과 노동의 만남이 오묘하게 잘 어울린다. 과거의 마로니에에는 공연 관람객의 발걸음만 있었다면, 이제는 찬거리를 사러오는 사람들도 발걸음을 남기게 되었다. 공연을 보러 온 사람도 뜻밖의 볼거리를 즐길 수 있으니, 모두가 좋은 일이다. 대학로가 더 풍성해진 느낌이다. 예술의 공간이 일반 대중에게 더 가까이 다가간 것일 수도 있다.

마로니에 공원은 분명 변했다. 존재했던 것이 사라졌고, 없

었던 것이 새롭게 생겼다. 사라진 것에 대해 애석해해야 할지, 새로 생긴 것에 반색해야 할지 사실 잘 모르겠다. 어제는 애통했는데, 오늘은 반갑다. 이 모든 걸 그저 순리로 여긴다면 답 없는 문제를 비켜갈 수 있지 않을까?

04 그래도 혜화동!

　벌써 글을 마무리한다. 나와 대학로의 이야기를 다 펼쳐내자면 책 한 권으로도 모자랄지 모른다. 사랑하고 이별했던 이야기, 동료에게 배신당한 이야기, 제작자와 대판 싸운 이야기…. 정말이지 나와 대학로는 다사다난했다. 그러나 다른 필자의 동네 이야기도 있으니 간략하게 마치려 한다.

　혜화동에 대한 낯설음과 아쉬움을 담은 이 글을 집필하면서 다시금 혜화동 구석구석을 돌아보았다. 케케묵은 과거의 대학로 이야기도 끄집어내었다. 과거를 추억하며 지금을 돌아보니 세월을 비켜가는 것은 세상에 존재하지 않음을 새삼 깨달았다. 나도 변했고, 혜화동도 변했다.

처음 컴퓨터 앞에 앉았을 때는 변해버린 혜화동에 대한 애석함을 쓰고 싶었다. 과거 내가 추억하는 대학로의 모습을 복원하고 싶었다. 기름 냄새 고소한 정겨운 파전집, 대한민국에서 제일 맛있는 닭발을 파는 포장마차, 마로니에 공원의 주인 없는 무대, 이화마을 꼭대기의 천사날개 벽화….

지금은 사라지고 없는 혜화동의 풍경을 되살리고 싶은 마음이 컸다. 무엇보다 공연밖에 모르던 천진하고 순수한 스물다섯 살의 나를 불러오고 싶었는지도 모른다. 그러나 이미 다 지나간 이야기다. 혜화동엔 현대식 건물이 들어섰고, 나는 서른둘을 앞두고 있다.

누가 그랬던가, 추억은 아무런 힘이 없다고. 맞는 말이다. 추억은 추억으로 남을 때 가장 아름답다. 지나간 어제에 얽매이지 않고, 코앞에 닥친 오늘을 열심히 살아가는 것이 의미 있다. 세상에서 변하지 않는 것은 없다. 외려 변하지 않는다면 그것이 더 부자연스러울 것이다. 글을 쓰면서 가장 크게 느꼈던 것은, 변했다고 해서 꼭 나쁜 것만은 아니라는 사실이다.

나는 혜화동을 둘러보며 변화 속에서 희망을 발견하였다. 프랜차이즈 커피숍 테라스 자리의 햇볕 한 조각, 수동이와 미루를 보며 함께 울고 웃어주는 관객들, 마로니에 장에서 울려 퍼지는 웃음소리. 이 모든 것들은 과거의 혜화동에는 존재하지 않았던 새로운 풍경들이다. 희망이다.

  그래도 혜화동은 혜화동이다. 동네 구석구석을 잘 살펴보면 예스러움을 만날 수 있고, 눈을 크게 뜨고 보면 좋은 공연도 발견된다. 새롭게 생긴 풍경들을 마주하는 것도 꽤 흥미롭다. 변화된 혜화동의 모습을 많은 사람이 공유했으면 좋겠다. 과거의 혜화동을 그리워하는 사람에게도 추천해주고 싶다. 우리 모두가 다시 혜화동을 찾아 즐길 수 있도록 지금의 변화가 좀 오래 유지되기를 바란다.

그러기 위해 많은 분들에게 당부드리고 싶은 것이 하나 있다. 혜화동을 찾을 때는 꼭, 자신이 볼 공연은 사전에 꼼꼼하게 조사해 예매하고 오기를 바란다. 대학로 호객꾼들에게 현장 예매를 하는 사람이 많다. 값싼 티켓에 충분히 혹할 수는 있지만, 나는 공연이 적어도 예술이라면 동대문에서 청바지를 팔 듯 호객을 해서는 안 된다고 생각한다.

호객꾼을 동원하는 공연은 청산되어야 한다. 단언컨대 좋은 공연도 없다. 호객 공연은 공연 질도 낮을뿐더러 대학로 전체의 공연문화를 좀먹는 적폐다. 제발 본인이 볼 공연은 본인의 판단으로 결정하자.

사람들이 좋은 공연을 찾아보고 관람한다면 자연스럽게 좋은 공연이 늘어나고, 기울어가는 대학로의 소극장 공연 시장도 활기를 되찾을 수 있을 것이다. 그렇다면 변해가는 혜화동의 속도를 조금은 늦출 수 있지 않을까?

혜화동은 변했지만 그래도 나의, 우리의 혜화동이다. 우리가 계속해서 찾는다면 언제나 혜화동은 우리를 받아줄 것이다. 조금 모습이 달라졌으면 어떤가, 내가 혜화동을 기억하고 있는데 말이다. 그래도 혜화동이다!

신 림 동 고 시 촌,
청 춘 애 가
(青春哀歌)

관악구

신림동

글·사진 | 차 오 름

한때 행시생이었던 현직 대학원생입니다.
고시를 그만두고 일을 하다가 결국 2015년 2차를 마지막으로 보고 다시 모교로 돌아와 대학원을 다니고 있습니다.
신림동에서 경험했던 솔직한 감정을 담았습니다.

신림동 고시촌,
청춘애가(靑春哀歌)

푸른 꿈을 가진 청춘들이 몰려와
자신의 청춘을 잊고 살아가는 곳

이제는 서림동, 대학동이지만 신림2동, 신림9동으로 불리던 시절이 있었다. 소수에게만 허락된 그 꿈을 뒤로하고 새로운 길로 나가야 했던 수많은 청춘들이 머물던 곳. 청춘들의 눈물과 한숨이 모여 도림천을 만들었다는 곳….

그곳에서 2000년대 후반부터 2010년까지 살았던 행시생의 이야기를 시작해보려 한다. 어디에나 있을 법한 도시전설이 신림동 고시촌에서는 장수(長壽)라는 고시생들의 공포와 맞물린 괴담이 되어 있었다. 외무고시 연령 제한이 있던 그 시절, 나이 제한을 넘기고도 시험에 합격하지 못해 정신을 놓아버린 어느 여자 고시생이 가족에게도 버림받아 신림동 고시 하숙집에 갇혀 산다는 이야기는 우리에게 가장 무서운 괴담이었다. 신선계라 불리는 관악산 산자락 근처 고시원에 사는 장수생의 막장 이야기는 신화(神話)와 전설(傳說)이었고 내가 직접 목도한 후에 그것은 실화(實話)가 되었다.

출출한 새벽, 편의점 앞에서 경찰들에게 법률 조항을 중얼거리는 장수생 아저씨와 남이 좌석 아래 버린 담배꽁초를 보며 주울까 말까 고시촌부터 사당역까지 고민하던 5528번 버스의 고시생의 모습은 신림동을 떠난 지금도 가끔 떠오르는 고시촌의 서늘한 풍경이다.

01 신림동이 가장 뜨겁고 서러웠던
신림9동, 신림2동 시절의 이야기

1차 시험을 앞두고는 독서실마다 스터디룸 예약 전쟁이 일어났다. 그 추운 날 스터디룸 예약을 위해 밤을 새는 고시생이 많았다. 핫팩과 담요를 두르고 전기담요를 가져와 앉아 단권화한 책을 보며 그렇게 시간을 보냈다.

학원 수업시간 전에는 자리를 맡으려는 이들의 가방이 100개도 넘게 줄지어 놓였었다. 다 찢어진 쇼핑백이 그 자리를 채우기도 했고 검은 비닐봉지가 가방 줄에 놓이기도 했다. 다들 이렇게까지 해야 하나 하면서도 그렇게까지 했다.

장기전이었기에 고시생에게 운동은 필수였다. 고시생은 헬스장에 다니는 사람과 신성초등학교나 신림중학교에서 운동하

신림9동에서 본 신림2동 풍경

는 사람으로 나뉘었다. 독서실 지하에 운동기구가 있는 곳도 많았다. 신성초등학교 운동장에서 운동하다 보면 스터디 팀 끼리 모여 국민체조를 하는 경우도 종종 볼 수 있었다.

고시생들의 복장은 비슷비슷했기에 유독 눈에 띄는 스타일의 사람은 쉽게 기억되었다. 그리고 이들의 합격 여부는 고시생들에게 큰 관심거리였다. 비녀를 머리에 꽂고 다니는 사람부터 아이라인을 두껍게 그리는 사람, 승복 스타일을 고수하는 사람까지 신림동 패셔니스타들은 유난히 독특했다. 대다수 고시생은 어디서 맞춰 입느냐는 말을 들을 정도로 바지는 일관되게 트레이닝복을 고수했다. 트레이닝복이라고 쓰고보니 나름 깔끔한 느낌이지만 '츄리닝'이라고 표현하는 것이 좀 더 현실을 명확히 반영할 듯하다. 우리 모두 츄리닝 바지만 몇 벌이었다. 나도 처음부터 그랬던 것은 아니었다. 신림동에 이사 온 첫 주, 나는 학교 다닐 때처럼 청바지를 입고 독서실에서 공부했다. 그러다 뒤에서 '저 사람 청바지 입고 공부한다'는 쑥덕거림을 듣고 바로 신림역으로 가서 츄리닝 바지를 사왔다. 공부할 때 편한 것도 있었지만 더 이상 청바지 입고 공부하는 사람으로 불리지 않아서 더 좋았다.

독서실에는 환기 타임이라는 것이 있었다. 하루에 두 번 정도 열람실 창문을 열고 닫았는데 마감 직전의 환기 타임은 우리에게 일종의 신호였다. 독서실 문 닫을 때까지 버티며 공부했다, 오늘 하루도 수고했다는 칭찬도장 같은 것이었다. 독서실 문을 열며 들어오는 고시생과 닫고 나가는 고시생으로 나뉘었는데 나는 주로 후자였다. 생활패턴을 바꿔보려고 아침 일찍 독서실에 나와봤는데 그때에도 사람이 많았다. 올빼미와 일찍 일어나는 새가 공존하는 신림동 독서실이었다.

고시식당에서는 사육당하듯 식사를 했다. 늦게 일어난 날에는 죄책감을 떨치려 신림9동 메인스트리트를 걸었다.

삶이 고단할수록 풍자와 해학은 최고조에 이른다. 고시생들은 살기 위해 쥐어짜듯 웃음을 만들어냈고 고시식당에서 함께 웃던 그 잠깐의 시간 덕분에 하루를 견딜 수 있었다.

　나는 공부를 위해 노트북을 옷장에 숨기거나 일부러 본가에 두고 오곤 했다. 그래서 우울한 날에는 할 게 없었다. 그런 날은 유난히 밤이 길었다. 그래서 <무비위크>와 <씨네21>이 발간되는 날을 손꼽아 기다렸다 발행일마다 편의점으로 뛰어 들어가는 것이 내가 할 수 있는 몇 안 되는 사치 중 하나였다.

도림촌 다리 위에 인탑고시원 출신 FBI 합격 현수막이 걸려 있다.
재미교포가 FBI 합격을 위해 신림동에서 공부했다는 전설이 남아 있다.
(인터넷에 떠도는 사진)

　고시촌 학원가는 고시 2차 시험에 맞춰 경제학-행정법-행정학-정치학-선택과목 순으로 시험 전 과목 순환제를 실시했다.

1순환은 전년 여름방학 시기, 2순환은 가을부터 1차 시험 전까지, 3순환은 1차 시험을 마치고 2차 시험을 준비하는 순환 일정을 의미한다. 3순환기는 빠른 진도와 엄청난 공부 양으로 유명했다.

일요일은 강의가 없었기에 전날인 토요일에는 참았던 들뜸이 언뜻언뜻 드러났다. 그러나 3순환 시기에는 주말이고 뭐고 없었다. 한 달에 한 번 있는 독서실 정기 휴관일에야 그나마 죄책감 없이 쉴 수 있었다. 3순환 시기에는 독서실과 고시식당, 학원 여기저기에서 냄새가 풍겼다. 샤워하는 시간조차 아깝다며 씻지 않는 고시생들 때문이었다. 시간이 없어 어쩔 수 없다는 쪽과 이 정도면 민폐라는 의견이 온라인상에서 팽팽하게 맞서기도 했다.

고시생들은 온라인에서 사실 별것 아닌 것을 두고 항상 열심히 싸웠다. 행시생은 '행시사랑'에서 싸웠고 사시생은 '법률저널' 게시판과 각 대학 포털에서 싸웠다. 디씨인사이드 갤러리가 개설된 이후에는 그곳에서 싸웠다고 한다. 온라인에는 훌리건이 넘쳐났고 특히 1차 커트라인 전쟁은 치열하게 진행되었다. 1차 컷 발표 이후에는 이마저도 수그러졌다. 2차 시험을 앞두고 1차 합격생은 정신이 없었고 불합격생은 전의를 상실했기 때문이었다.

2차 시험을 치르는 5일은 살면서 가장 외롭고 두려운 시간이었다. 소화가 되지 않아 죽을 먹거나 말린 홍삼을 주워 먹으며 버텼다. 한 과목을 망친 것 같으면 다음날 과목을 공부하기 어려웠다. 종교가 없던 사람도 그때는 신을 찾았고 나도 모르는 사이에 길에서 혼잣말을 중얼거리고 있었다.

02 길에서 주저앉아 소리 내어 우는
청춘을 보아도 아무도 놀라지 않던 곳

2차 스터디 모임에서 우리는 서로의 이름을 묻지 않았다. 전화번호와 나이를 묻는 것보다 이름을 묻는 것이 더 큰 실례가 되는 곳이었다. 600년 유교의 땅에서 나고 자란 우리는 그래도 호형호제는 해야 했기에 친숙해지면 수줍게 나이를 물었다. 그럼에도 끝내 이름은 묻지 않았다. 당신이 합격자 명단에서 내 이름을 확인하게 하지는 않겠다는 듯 우리는 그렇게 이름은 가리고 다녔다. 습관적으로 책에 이름을 쓰던 것도 멈췄다. 이니셜을 쓰다 나중에는 점 두 개를 찍어 내 책이라고 표시했다.

2013년 국민권익위에 항의한 누군가의 용기(?) 덕분에 더 이상 합격자 명단에 이름은 없고 오직 수험번호만 공개된다.

이후 고시촌 풍경은 어떻게 달라졌을까, 아직도 이름을 묻지 않는 것이 그곳만의 매너일까.

　신림동에서 놀라웠던 또 다른 풍경은 길에서 우는 사람을 봐도 아무도 놀라지 않는다는 것이었다. 오히려 최선을 다해 모른 체해주었다. 합격자 발표날 새벽, 청춘들은 짐승처럼 울었다. 그날만큼은 새벽녘의 울음소리에 아무도 항의하지 않았다. 비슷한 청춘을 사는 우리가 할 수 있는 최소한의 배려였다.

신림동 고시촌의 흥망성쇠는 사시 합격생 수가 결정한다는 이야기가 있다.

　그래서 많은 이들은 사시 합격생 천 명 시대였던 2000년대 중반부터 2012년까지가 신림동의 전성기였다고 회자한다. 그 시절에는 소년등과를 꿈꾸는 대학 새내기부터 회사를 다니다 돌아온 사람, 장수생 등 다양한 연령대가 고루 분포했다. 수많은 고시생들로 인해 신림9동과 신림2동 어디든 북적거렸다.

　사시 1차와 2차 합격자 발표일은 장관이었다. 서점 앞 게시판에 붙은 합격자 명단 앞에 옹기종기 모여 자기 이름을 형광펜으로 표시하기도 했고 어떤 이는 누군가의 이름을 손톱으로 긁어놓기도 했다. 그날은 어디든 시끄러웠고 새벽에는 곳곳에서 우는 소리가 들렸다.

사시 합격자 수가 줄고 로스쿨 1기 변시가 시행되면서 사시생이 신림동에서 조금씩 사라지기 시작했다.

　　그 자리는 외시, 행시, 사시라는 3대 고시생 외에 경찰 시험 준비생, 공시생, 로스쿨 준비생, 감정평가사 준비생 등 다양한 수험생으로 채워졌다고 한다.

03 내가 기억하던 신림동은 더 이상 없다

언제 무너질까 걱정하며 내려오던 한림법학원의 비상 철제계단, 숨고 싶을 때 오르던 관악산 자락의 주민공원, '굿판 금지' 현수막이 걸려 있던 관악산 산책로, 새벽에 걷던 도림천 자전거 도로. 이제는 볼 수 없지만 내가 기억하는 신림동의 풍경이다.

그 시절 신림동을 채웠던 수많은 사람들은
현재 어디에서 무엇을 하며 살고 있을까?

합격자 수보다 합격하지 못한 사람이 몇 십 배나 많은 구조 속에서 새로운 길을 간 그들은 지금 어디에 있을까? 그중 한 사람은 모교 대학원으로 돌아와 그 시절의 신림동을 기억하며 모니터 앞에서 키보드를 두드리고 있다. 하지만 그 시절 그들 중 한 명이었던 친구들은 지금 부산으로, 외국으로, 국정원으로 각종 공기업으로 흩어져 각자의 길을 가고 있다.

한림법학원 강의실에 입장하기 위해 사람들이 철제계단에 길게 늘어서 있다.
이제는 새 건물이 들어서 볼 수 없는 그 시절의 풍경이다. (인터넷에 떠도는 사진).
한림법학원 자리에 새 건물이 세워졌다. 철제 계단이 없는 건물이 낯설다.

그래도 최선을 다했던 사람은 어느 결과를 마주해도 뒤돌아보지 않고 신림동을 떠날 수 있다. 결국 신림동에는 미련이 남는 자들만 남게 된다.

미련이 남는다는 것. 그것은 최선을 다하지 않은 자신을 용서할 수 있는가의 문제로 귀결되곤 한다. 지나간 시간을 기억한다는 것은 그 시절의 무엇이 떠오르는가의 문제이기도 하다.

고시촌 서점

지하철을 기다리는 순간, 눈감고 머리를 감는 그 시간, 좌회전 신호를 대기하는 시간, 우두커니 시간이 지나가길 기다리는 그 시간에 나는 신림동 풍경과 내가 가지 않았던 다른 길을 함께 떠올렸다.

내 청춘의 한 자락이 그곳이 아닌 다른 곳에 있었다면 하는 생각을 삼키곤 했다. 그 시간 덕분에 나는 알고 싶지 않은 것을 알게 되었고 보고 싶지 않은 것을 보아야만 했다. 내가 어떤 사람인지 알게 되어 서글펐고 내 인연들의 끝을 보게 되어 아팠다. 그곳에서 나는 안 보고 사는 것이 더 좋은 인연도 있다는 것을 알게 되었다.

어쩌면 그곳에서 보낸 시간이 없었다면 지금까지 계속되는 인연도 있었을 것이다. 나와 내 주변인의 민낯을 보는 것이 그 시절의 나에게는 가혹한 일이었다.

그곳은 1인 가구가 주변의 눈치를 보지 않고
혼밥을 하고 혼술을 하고
혼자 고기를 구워먹을 수 있는 곳이었다.

공실률이 낮고 방 회전이 빠른 덕분에 고시촌 원룸은 2010년대 초반에도 보증금 100만 원에 월세 40만 원이라는 믿을 수 없는 가격에 방을 제공할 수 있었다. 당시 PC방은 전국에서 가장 빠르다는 평을 받았고 편의점은 골목마다 있었다. 하루 세끼 뷔페식을 제공하는 고시식당도 곳곳에 위치했다. 시간이 아까워 혼자 밥을 먹는 사람도 흔했다. 혼밥의 최고 경지인 고깃집에서 혼자 고기를 구워먹는 사람도 가끔 볼 수 있었다.

지갑이 얇은 수험생들이 프랜차이즈 커피숍을 외면한 덕분에 서울에서 가장 저렴한 커피 물가를 자랑했었다. 고시생 출신 유학파가 신림동으로 돌아와 프랜차이즈 1호점을 만들어 유명인사가 되기도 했다. 이런 신림동 커피 물가 덕분에 스타벅스는 지금도 신림동 고시촌에서는 찾아볼 수 없다.

신림동 전성기 시절 구축해놓은 1인 가구를 위한 인프라와 값싼 보증금은 이제 직장인과 외국인 유학생까지 불러 모으고 있다. 최근에는 '9동여지도'라는 신림동만의 어플도 생겼다고 한다.

고시촌 추억지도

법원원
1. 베리타스 법학원 본관
2. 베리타스 법학원 별관
3. 한국법학원
4. 한림법학원

독서실
1. 합격의터 독서실
2. 스페이스 독서실
3. 성문 독서실
4. 리더스 스터디
5. 대응 독서실
6. 태미스독서실
7. 일원 독서실
8. 대지 독서실
9. 집현당
10. 태인독서실
11. 웰탑 독서실
12. 태성 독서실
13. 석률 독서실
14. 경문 독서실
15. 중현 독서실
16. 법문 스터디
17. 흐림 독서실
18. 유림 독서실
19. 법화 독서실

서점
1. 대학사
2. 광장서적
3. 믿음사
4. 좋은소식
5. 법문서적
6. 가람
7. 고시촌
8. 다산서적
9. 신관악

고시식당
1. 해바라기
2. 푸드웰
3. 여가숙수

학교
1. 신성초등학교
2. 신림중학교
3. 삼성고등학교
4. 미림여자고등학교

04 다시 찾은 신림동, 이제는 대학동

2차 합격자 발표가 난 지도 꽤 지난 어느 가을날, 토요일 오후의 신림동은 고즈넉했다. 이제는 대학동이라 불리는 신림9동을 천천히 돌았다. 신림동이 변해서, 그리고 변하지 않아서 마음 한 켠이 아렸다.

고시생 시절 마음먹어야 들르던 '기꾸참치'와 외부에서 친구들이 면회(?) 오면 갔던 '모르겐', '삐에스몽테'는 여전히 동네 맛집으로 남아 있었다. 신축한 한림법학원 건물 언덕을 지나 법문서적 코너를 돌자 예전에는 없었던 세련된 건물이 눈에 들어왔다. 이 역시 새로운 풍경이었지만 아쉽기보다 반가웠다.

사시 폐지 결정 이후 신림동 고시촌의 성쇠를 다룬 기사에는 독서실 자리를 술집과 카페가 대신하게 되었다며 술집과 식당이 가득한 사진이 빠지지 않고 실렸다. 원룸 유리 현관마다 붙은 '빈방 있음. 연락처 000-000-0000' 사진도 함께 실린다. 하지만 그 사진이 찍힌 곳은 고시촌 전성기에도 식당과 술집이 많았던 신림9동 예일문구 앞 메인스트리트나 녹두거리였다.

신림동은 예전부터 빈방이 생기면 원룸 건물 현관에 관리인이나 집주인 연락처를 붙여놓고 직거래로 계약을 하곤 했다. 고시촌 문화를 모른 채 그곳의 쇠락만을 과장해서 전하느라 바쁜 기사가 대부분이었다. 물론 전성기 시절에 비할 수는 없다. 3대 고시생이 가득했던 그때와는 다른 풍경일 수밖에 없다. 독서실과 고시식당도 예전만큼 많지는 않았다. '보람독서실'을 비롯해 몇몇 독서실은 원룸 건물로 바뀌었다.

아파트에서 태어나고 자랐던 나는 처음 신림동에 이사하고 일주일 동안 골목에 적응할 수가 없었다. 비슷비슷한 원룸 건물을 보면 거기가 거기 같았다. 그러나 익숙해지고 난 뒤에는 큰 길이 아닌 골목길로만 다녔다. 골목마다 숨어 있던 카페가 그 시절 우리의 숨통을 트이게 해주곤 했다.

이번에도 숨어 있는 카페에 들어가 4,500원으로 커피 한 잔과 츄러스 한 접시를 시켰다. 다른 곳이었다면 커피 한 잔 겨우 마실 돈이었다.

그곳에는 여전히 고시생이 있다

후드티를 입고 모자를 푹 눌러쓴 고시생은 독서대까지 준비해 와 공부에 집중하고 있었다. 한 사람씩 자리를 잡고 앉아 문제집을 풀고 공부를 하고 나지막이 대화를 나누기도 했다.

나른하고 따뜻한 오후였다. 오랜만의 방문이어서인지 고시생이 아니었기 때문인지, 일반인으로 이곳에서 몇 개월 살고 싶다는 생각이 들기도 했다. 고시생 시절에 비추어 보면 어이없을 정도로 사치스러운 생각이었다.

+ 이번에도 나는 차오름이라는 필명으로 내 이름을 지웠다.
신림동을 떠난 지금, 그 이름 뒤에서 신림동 이야기를 썼다.

도봉구
24년차
주민의
추억여행

도봉구

방학동

글·사진 | 안 선 정

도봉구 24년차, 삼남매의 맏이입니다.
얼마전 가족들과 이야기를 나누다가 우리 삼남매가 나온 초등학교가 폐교될 수도 있단 소리를 들었습니다. 믿기 어려운 소식에 나의 가장 순수하고 행복했던 시절이 담긴 그 시절, 그 공간을 추억해보았습니다.

도봉구 24년차 주민의
추억 여행

01 우리 동네를 소개합니다

기억마저 흐릿한 세 살배기 어린아이 시절, 나는 서울 북쪽 끝자락에 자리 잡은 도봉구 방학동으로 이사를 왔습니다. 우리 동네는 방학동에서도 제일 안쪽에 있다 하여 '안방학동'이라 불렸습니다. 이곳에서 개구쟁이 여동생과 보석 같은 남동생을 맞이했고, 지금은 옆 동네 쌍문동으로 이사 와 다섯 식구가 지지고 볶으며 한 지붕 아래에서 쭈-욱 살고 있습니다.

흔히, 첫 미팅이나 인터뷰를 할 때 듣는 질문이 있습니다.

"어디 살아요?"

"쌍문동이요."

그때마다 사람들의 반응은 늘 한결같습니다.

"아, 그게 어디 있는 동네예요?"

그런데 최근 '응답하라 1988'이 방영되고부터 달라진 사람들의 반응이 느껴집니다.

"어디 살아요?"

"쌍문동이요."

"아, 덕선이네!"

프로그램의 인기에 힘입어 우리 동네도 덩달아 유명해진 것 같아 기분이 좋은 요즘입니다.

어린 시절 방학동은 서울임에도 높이 솟은 아파트 한 채 없는 주택가였습니다. 골목골목 붙은 집들 가운데에서도 친구들 집은 귀신같이 외웠지요. 앞집은 머리를 짧게 자른 두리네, 저어기 뒷골목 2층은 여동생과 유난히 사이가 좋고 뛰어 노는 것을 좋아하는 소영이네, 우리 모두의 귀염둥이 말티즈 '마루'를 키우는 외동딸 은정이는 코너의 초록색 대문 집, 옷과 모자, 액세서리 등으로 꾸미기를 좋아하던 지예네 집에서는 요즘 무슨 일이 있는지 등 동네 소식을 속속들이 알고 지냈습니다. 그래서인지 '응답하라 1988' 속 아이들을 보면서 어린 시절이 많이 떠오르기도 했습니다.

그중 한 곳인 우리 집에는 작은 뒷마당이 있었습니다. 화려하지는 않았지만 뒷마당에 아기자기한 화단을 꾸며 좋아하는 꽃과 나무를 심고는 자라는 모습을 사시사철 지켜보았습니다. 또 뒷마당은 우리 남매 최고의 놀이터, 우리들만의 공간이었습니다. 무더운 여름이 오면 김장 배추 절이는 빨갛고 커다란 고무 통을 끌어다놓고 물을 가득 받으면 삼남매만의 시원한 수영장으로 변신하여 지칠 때까지 물놀이를 할 수 있었습니다. 추운 겨울이 되어 눈이 내리기 시작하면 손발이 꽁꽁 얼어 아프면서도 꾹 참고 눈사람을 만들어 놓고, 눈싸움도 실컷 했습니다.

어려서는 뭐든 같이하던 '우리'였는데….

한 지붕 아래 살면서, 심지어 몇 년 전부터는 여동생과 한 방을 사용하는데도 서로 집에 있는 시간이 달라 얼굴 보는 것조차 힘들고, 바쁜 일상 때문에 밥 한 끼 같이 먹기도 힘든 요즘입니다. 아침에는 무거운 몸을 일으켜 직장, 학교로 헐레벌떡 뛰어나가기에 정신없고 밤에는 공부, 일, 약속 등의 스케줄을 마치고 늦은 시각 집에 돌아와 씻고 잠들기 바쁩니다.

"좋은 아침~ 오늘 하루도 힘차게, 화이팅!"

최근에는 아침 인사조차 가족 톡 방에서 합니다. 그러다 아주 가아-끔 밤늦게, 엄마나 동생들 모두 정신이 말똥말똥 할 때면 TV 앞이나 식탁에 모여 앉아 야식을 먹으며 이런저런 사소한 수다를 떨곤 하는데, 그 시간이 얼마나 재미있는지 모릅니다. 그리고 얼마 전, 여느 때와 다름없이 식탁에 모여 앉아 이야기를 나누던 중 충격적인 소리를 들었습니다.

"선정아, 신방학 초등학교 폐교될 수도 있대!"

'아니, 내가 나온 신방학 초등학교가 없어질 수도 있다니! 이게 무슨 소리인가!'

지금도 엄마는 시간이 나면 마을버스를 타고 방학동으로 가, 동네 아주머니들과 수다를 떨곤 합니다. 아줌마들 사이에서 '예전에 비해 동네에 아이들이 많이 줄었다', '우리 그때 그렇게 모여 살 때 참 재미있었는데' 같은 이야기를 나누다가 우리 애들이 다니던 학교도 입학생이 많이 줄어 없어질 수 있다는 말이 나왔다고 했습니다. 신방학 초등학교가 없어지면, 남은 학생들은 바로 맞은편에 위치한 방학 초등학교로 통합될 예정인데, 이유는 방학 초등학교가 더 오래된 학교이기 때문이라고 했습니다.

이 소식에 '진짜 애들이 많이 줄긴 했구나' 하는 생각이 들었는데, 방 안에 들어와 혼자 곱씹어보니 살짝 멍해졌습니다. 내가 나온 학교가 없어진다…? 초등학교를 졸업한 지도 무려 14년이 넘었고 그동안 학교를 방문해본 적도, 딱히 그곳이 그리웠던 적도 없었습니다. 그런데 막상 우리 학교가 없어질 수도 있다고 하니, 까맣게 잊고 지내왔지만 항상 마음 한편에 존재할 것만 같았던 나의 초등학교 시절까지 없어지는 것 같아 왠지 모르게 울적해지기도, 울컥하기도 했습니다. 그리고 아주 오랜만에, 더 늦기 전에 나의 모교 '신방학 초등학교'를 방문해 보기로 했습니다.

02 학교 안으로 들어가시면 안 돼요

변함없는 교문. 학교 뒷산으로 통하는 조그마한 산길 입구. 지난 시간을 보여주는 듯 다 낡은 간판을 그대로 간직하고 있는 학교 앞 문방구. 설레는 마음으로 횡단보도를 건너 교문 안으로 한 발, 두 발 조심스레 내디뎠습니다.

"어떻게 오셨어요?"

그때 들리는 한 목소리, 학교 수위 아저씨였습니다.

"아, 저는 이 학교 졸업생인데요, 학교가 보고 싶어서 왔어요."

"요즘에는 학교에서 사건사고가 많아서 외부인은 출입이 안 돼요. 여섯시 이후에 학생들 방과 후 교실까지 끝나면 개방하니까 그때 맞춰서 오세요."

"잠깐 한 바퀴만 돌아봐도 안 되겠죠?"

재차 물었지만, 부드러운 보안관 아저씨의 미소 뒤로 단호함이 느껴져 발걸음을 돌려야만 했습니다. 교문을 나서던 그 순간 '뉴스로만 접하던 사건사고가 우리 삶과 맞닿아 있구나' 실감했습니다. 학교를 충분히 보지 못했다는 미련 때문이었을까요, 며칠 동안 계속해서 꼭 다시 가봐야지 하는 생각이 들었습니다. 한참의 시간이 지나고 나서야 다시금 학교 앞을 찾았습니다. 3주나 걸렸네요.

변화가 빠른 가을이라 그랬을까요. 다시 찾은 학교는 몇 주 전과는 완전히 다른 분위기를 띠고 있었습니다. 산에 둘러싸인 우리 학교는 유독 나무가 많은데 빨강, 노랑 단풍이 알록달록 제대로 물들어, 피부로 느껴지는 차가운 기온과는 다리 따뜻한 느낌이 가득했습니다. 학교가 이렇게나 예뻤나? 기분 탓인지, 진짜 그랬는지 가을 하늘 아래의 신방학 초등학교는 한 폭의 그림 같았습니다.

아직 6시가 되기에 조금 모자란 시간. 교문 앞 벤치에 앉아 학교를 빠져나가는 아이들을 바라보았습니다. 삼삼오오 뭉쳐 재잘재잘 떠들며 하교하는 아이들. '요즘 애들은 무슨 이야기를 할까?' 하고 귀를 살짝 기울여보니 방탄소년단, 엑소, 트와이스 등 요즘 아이돌 가수 이야기, 학원가는 것이 너무 싫다는 투덜거림, 친구에게 서운했던 이야기, 그리고 엄마가 새로 사준 스마트폰을 자랑하는 소리들….

'예나 지금이나 연예인 좋아하고 학원 가기 싫어하는 건 똑같구나!' 하는 생각에 웃음이 피식 나왔습니다. 학교 다닐 때, 나는 수업이 끝나면 책가방을 구령대에 지어 던지고 운동장에서 뛰어 놀기 바빴었는데… 어느새 썰렁해진 운동장에 내 마음도 금세 허전해졌습니다.

03 생각해보면 변화는
예전에도 있었습니다

꽃샘추위로 다가오는 봄을 시샘하는 3월, 햇살이 눈부시던 날. 초롱초롱 땡그란 눈망울로 호기심과 기대를 가득 품고 엄마, 아빠, 할머니, 할아버지, 그리고 고모와 사촌동생들까지 온 가족의 축하를 받으며 드디어 나는 초등학생이 되었습니다. 지금은 학급당 평균 학생 수가 스무 명 남짓이라고 하는데요, 그때 우리 학교는 예순 명 가까운 학우가 한 반이었습니다.

'거의 세 배나 차이가 나잖아?'

너무 많아서 기억도 나지 않는 얼굴들이 빽빽하게 가득 들어서 있는 어린 시절 사진을 직접 보니 '이 친구는 이름이 뭐였는지', '성격은 어땠는지' 신기하게도 전부 기억났습니다. 초등학생 시절의 나는 칭찬 스티커를 받고 싶어 매시간 허리를 꼿꼿이 펴고 눈을 반짝이며 수업을 들었습니다. 쉬는 시간마다 다른 반에 있는 유치원 친구를 수줍게 불러내어 교실 문 뒤에서 조곤조곤 수다를 떨던, 혹여나 담임 선생님이 체육시간을 바꾸어 친구네 반과 함께 피구나 발야구 같은 반 대항 게임을 하면 세상에서 제일 행복해하던 아이였습니다.

관찰 일기는 신나게 쓰면서도, 매일매일 숙제로 하던 생활 일기는 세상에서 제일 싫어 억지로 말을 지어내기도 했고, 하교 길에는 새로운 펜과 노트를 사고 싶어 다 쓸 날만 기다리며 지치지도 않고 문방구에 들렀습니다. 학교에 가는 것보다 방과 후 음악 학원에 가는 것이 더 설렜고, 일주일에 두 번 예쁜 영어 선생님이 집에 와서 영어 수업하는 날을 손꼽아 기다렸습니다. 그리고 3학년으로 올라가던 해에는 학생 수가 너무 많아 관리가 힘들다는 이유로 옆 동네에 새 학교를 지어, 집이 멀었던 학생들이 '강제 전학'을 가야 했는데, 유치원 때부터 친하게 지내던 친구와 떨어져야 한다는 사실에 엉엉 울기도 했습니다. 그렇게 그 시절 그 추억들이 파노라마 사진처럼 떠오릅니다.

그런데 이 변화는 사실 예전부터 천천히 이루어지고 있었던 것 같습니다. 세 살, 네 살 터울의 우리 집 삼남매는 모두 같은 초등학교를 나왔는데, 이야기를 해보니 같은 공간임에도 서로 다른 환경에서 공부했다는 것을 알 수 있었습니다. 청소 시간이 되면 다 같이 일렬로 앉아 엄마가 수건을 잘라 만들어준 개인 걸레로 자기 구역의 마룻바닥을 반들반들 윤이 날 때까지 왁스칠을 하고, 쉬는 시간 교실 뒤편에서 그룹 지어 공기놀이를 할 때면 오래되어 갈라진 결이 가시가 되어 손을 찌르던 나무로 된 교실 바닥. 그 바닥은 어느새 매끈한 원목으로 대체되었

습니다. 집 앞 골목에 땅따먹기 판을 그리려고 칠판 당번이 되면 열심히 흰색, 분홍색, 파란색 분필 조각을 모으곤 했는데….
분필가루가 가득하던 칠판과 분필이 있던 자리도 어느새 새하얀 화이트보드와 마카가 차지했다고 하네요. 여긴 내 책상이라며 자로 칼같이 반을 재, 책상이 파일 때까지 한가운데를 열

심히 그어 혹여나 금을 넘어오면 눈을 부릅뜨고 짝꿍과 싸우던 기다란 2인용 나무 책상은 개인용 플라스틱 책상과 의자로 바뀌어 있었습니다.

가방 들어주기, 빨리 걷기를 하던 정답던 하굣길을 따라 이어지던 담벼락. 뒷산에서 흘러내려온 정리되지 않은 넝쿨들로 뒤엉켜 있던 그 담벼락은 그때 그 시절 우리들의 소식통과도 같았습니다. 꼭 알림판이 된 듯 형형색색의 크레파스, 분필 등으로 학생들 사이의 소문과 놀림거리들로 가득했지요. 지금은 새 도화지처럼 깨끗해진 담벼락 위로 도봉구의 소식과 명소들을 소개하는 귀여운 알림판이 자리 잡고 있었습니다. 가로수 길을 걸으며 '이 나무들만큼은 그대로겠지' 하는 감상에 젖어들기도 했습니다. 길 끝에는 팬시점이 하나 있었는데, 등굣길에는 맛없다고 먹기 싫어하던 흰 우유에 타먹을 딸기맛, 초코맛 가루와 혓바닥을 빨갛고 파랗게 물들이던 사탕을, 그리고 하굣길에는 라면땅, 쫀드기, 쥐포 등의 불량식품을 사먹던 내가 너무너무 좋아하던 그곳은 알 수 없는 식당으로 바뀌었습니다. 그리고 그 맞은편 컵 떡볶이와 떡꼬치, 피카추 돈가스 등을 사먹던 분식집은 사무실과 편의점이 되었고요.

학교 교문을 빼놓고 모든 게 변했다고 느껴지는 가운데 단 하나, 학교 앞 문방구만은 그대로였습니다. 세월을 대변하는 듯 이름이 거의 보이지도 않는 낡은 간판. 수업이 끝나면 딱지,

미니카, 탑블레이드 등으로 각종 배틀이 벌어지던 추억의 오락 공간은 깨끗하게 없어졌지만, 많은 변화들 사이에 그래도 내 기억 속 모습과 닮아 있는 이곳을 바라보면서 마음 한편이 따뜻해졌습니다.

04 그리고 돌아본 동네 한바퀴

  어린 시절 가장 많이 가던 장소를 꼽으라면, 단연코 마을 한 가운데 있던 '놀이터'입니다. 동네 할머니, 할아버지들이 쉬던 팔각정과 흙먼지 잔뜩 먹으며 땅따먹기를 하던 그 옆 공터, 서너 칸씩 건너기 위해 매일 연습하던 구름다리, 동전을 찾아보겠다고 열정을 다해 흙을 파헤치던 철봉 주변, 경찰과 도둑 놀이에서 빼놓을 수 없던 미끄럼틀. 아기 때부터 놀러가던 안방학동 놀이터는 아직까지도 머릿속에 선명하게 그려집니다.

  '샘말어린이공원'. 아이들과 동네주민을 위한 안방학동 놀이터의 새 이름입니다. 먼지가 일던 흙바닥은 넘어져도 안전한 우레탄 바닥으로, 한여름에도 시원한 그늘을 만들어주던 팔각

정은 작은 등받이의 벤치로 바뀌었습니다. 그늘 하나 없이 벤치 앞에 돗자리를 깔고 오밀조밀 할머니들이 모여 앉은 모습에 순간 팔각정이 그리워졌습니다. 그리고 저 안쪽으로 버스가 한 대 보였습니다.

'셔틀버스인가?'

가까이 다가가 본 버스는 '샘말 붕붕 도서관'이라는 이름의

아이들을 위한 새로운 놀이 공간이자 도서관이었습니다.

샘말 붕붕 도서관은 올 8월 개관했는데, 공원 이름을 딴 도서관 버스와 함께 버스 정류장 모습을 그대로 흉내 낸 컨셉트 벤치, 정류소 팻말 등으로 공원 안에 또 다른 문화 공간을 구성해놓은 것이 참 재미있었습니다. 버스 도서관이 궁금하여 신발을 벗고 안으로 들어가 보니 두 명의 관리 선생님이 밝은 인사로 맞이해주었습니다. 버스 안쪽 공간은 아이들이 편안하게 책을 볼 수 있도록 층층이 나누어져 푹신푹신한 쿠션과 해먹이 설치되어 있었고, 벽면의 한 편은 안에서는 밖을 내다보는 재미가 쏠쏠하도록, 밖에서는 아이들이 안전한지 확인할 수 있도록 통유리 창이 설치되어 있었습니다. 또 어린이부터 청소년들까지 읽을 수 있는 만화, 소설부터 엄마들을 위한 잡지까지 다양한 책들이 구비되었고, 물품 보관함과 정수기 등의 편의시설까지 갖췄습니다. 올겨울부터는 앞으로 더 추워져도 아이들이 놀이터를 찾아오도록 하는 더할 나위 없이 좋은 놀이공간이 되어줄 것 같았습니다.

놀이터에서 내가 살던 안방학동 주택가로 가려면 언덕을 하나 올라가야 합니다. 처음 자전거를 배워 타는 것이 너무 신나 매일 친구들을 불러 모아 마을을 뺑뺑 돌며 경주를 했습니다. 그 때 우리가 가장 좋아했던, 쌩쌩 내달리던 언덕이 하나 있습니다. 다시 가본 그곳은 언덕이라 불리기에는 너무 귀여운, 아

주 작은 경사로에 불과했습니다. 어렸을 때는 그 경사로가 어찌나 높게 느껴졌던지 산에 오르는 것처럼 힘겨웠지요.

　내가 살던 집 앞 골목은 산으로 통하는 길이 이어져 있었는데, 산길 초입의 작은 물줄기를 따라 올라가면 약수터가 하나 있었습니다. 시간이 날 때마다 아빠와 산에 올라가 물을 받아

오기도 하고, 그 밑에 고인 물웅덩이에서 온 동네 아이들이 모여 물장구를 치곤 했습니다. 하지만 이제는 정말 약수터가 있었나 싶을 정도로 흔적도 없는 약수터 자리. 기억 속 모습과는 너무나도 달라져 이제는 북한산 둘레길로 탈바꿈했습니다. 그 뒷산은 동네사람들의 훌륭한 산책로가 되었네요.

둘레길 시작 지점에는 벤치, 생활 운동기구와 함께 '마을 길 작은 도서관'이라는 작은 책장이 하나 있습니다. 많지는 않지만 그 안에는 아이들을 위한 동화책과 어른들을 위한 에세이집이 꽂혀 있었습니다. 동네 어디에나 책을 읽을 수 있는 공간이 조성되어 있는 지금의 안방학동은 참 인상 깊습니다. 자율적으로 책을 읽고 다시 넣어놓는 시스템으로 관리가 완벽하게 되고 있진 않지만, 이런 작은 것들이 안방학동을 더욱 아기자기한 마을로 꾸며주는 듯했습니다.

어린 시절을 회상하면서 걸어서 그런지 동네를 탐방하면서 유독 아이들에게 눈이 많이 갔습니다. 내가 초등학교 4학년 때부터 휴대폰 사용이 점점 자연스러워져 서로 어떤 휴대폰을 갖고 있는지 자랑하곤 했는데, 요즘 아이들도 아이폰이니 갤럭시니 하며 스마트폰 이야기를 많이 했습니다. 한 손에 쥐어지는 그 작은 기기로 예전보다 훨씬 더 많은 양의 정보를 상상도 못할 정도로 빠르게 찾아보고, 원하는 것을 스스로 기록하기도, 만들 수도, 공유할 수도 있는 세상이 된 것이지요.

여행 전 어린 시절 앨범을 보면서 생각보다 일상 사진이 많지 않다는 사실이 아쉬웠습니다. 그때는 꼭 어디를 놀러 가거나 큰 이벤트가 있을 때만 카메라를 챙겼기에, 정작 내가 살던 동네에서, 또는 학교에서의 모습은 거의 남아 있지 않습니다. 지금은 누구나 주머니 속 스마트 폰으로 보고 있는 풍경을, 친구와 나의 모습을 언제 어디서든 담아둘 수 있지요. 요즘 아이들은 더 어린 시절부터 각자의 추억을 더 많이 남길 수 있겠구나 하는 생각에 부럽기도 합니다.

05 텅 빈 교실의 활용

학교 방문을 시작으로 동네 구석구석을 거닐며 추억 여행을 마치고 돌아오는 길에 재미있는 포스터를 하나 발견했습니다. 빈 학교 공간을 리모델링해 새로운 문화 활동과 교육 등 학생과 동네주민을 위한 공간으로 사용할 예정인데, 이 공간의 명칭을 공모하겠다는 내용이었습니다.

'나도 공모해볼까?'

반가운 마음에 더 자세히 들여다보니 이미 날짜가 마감되었더군요. 아쉬웠습니다. 세계적으로 저출산율이 큰 문제라고들 이야기합니다. 그중에서도 우리나라 출산율은 빠른 속도로 줄고 있고, 지금은 한 가정에 한 명의 아이가 대부분인데다가 아예 아이가 없는 가정도 많습니다. 여유 있는 공간 덕분에 유럽의 어느 나라들처럼 선생님 한 명이 소수의 학생을 맡게 되어

한 학생에게 관심을 더 기울이는 좋은 교육 환경으로 변하고 있는 것도 사실입니다. 하지만 20여 년 전만 해도 아이들이 많아 바로 옆에 학교를 더 짓기까지 했는데, 이제는 그 학교들이 텅텅 비어갑니다.

이번 여행을 정리하면서 저는 초등학교, 중학교, 고등학교는 학생이 공부만 하는 장소라는 고정관념을 벗었습니다. 비어가는 학교 공간을 방학동처럼 주민 모두를 위한 교육 공간 혹은 문화 공간으로. 더 나아가 마을을 방문하는 사람들이 가보고 싶은 대표 공간으로 활용하는 등 다양한 발전 방향을 고민해보면 좋지 않을까요.

새로운 곳에 여행을 가면 그곳의 모든 것이 특별하게 느껴지곤 합니다. 차갑거나 따뜻한 공기, 흘러나오는 음악, 다른 언어가 오가는 소리, 도시의 색감, 건물들의 선, 거리의 분위기, 하늘 위의 구름까지 새롭습니다.

내가 서있는 바닥이 돌로 되어 있는지 대리석이나 아스팔트로 정리되어 있는지, 다양한 모양의 건물들은 언제 지어졌고 무슨 용도로 사용되고 있는지. 뿐만 아니라 그곳에 있는 사람들 개개인을 관찰하게 되고, 작은 것 하나하나에 의미를 붙여 내가 느끼는 것을 즐겁게 기록합니다. 해외에서 어학연수와 인턴 생활을 하며 그곳을 제 2, 제 3의 고향이라 부르며 항상 그리워하고 다시 찾고 싶어 했습니다.

그런데 방학동을 둘러보니 정작 내가 터를 잡고 살아온, 가장 오랫동안 살아왔던 이 곳의 지금이 어떤지는 생각해본 적이 없다는 것을 깨달았습니다. 살면서 가끔은 한 번쯤은 여유를 갖고 내가 자라온 동네를 천천히 둘러보는 것은 어떨까요.

지금 당신이 살고 있는 곳은 어디인가요? 당신의 동네는 어떤 동네인가요. 그곳에서 무슨 꿈을 꾸며, 어린 시절 밑그림에 지금 어떤 색을 입히고 있나요?

이 글을 쓰기 위해 서울특별시 북부교육지원청에 사실을 확인해본 결과, 서울 신방학 초등학교의 학생 수가 예전에 비해 적어진 것은 사실이나 아직 폐교가 논의될 정도는 아니라고 하였습니다.

시
서
의
루

에
생
4

페
학

2
카
유
하

광진구

화양동

글·사진 | 엄 사 사

2년 전 중국에서 유학 온 학생으로 현재 화양동에 살고 있습니다. 건대입구 근처 화양동은 중국인이 많이 거주하는데 이곳의 어느 카페에서 24시간을 보내며 중국인으로서 보고 느낀 바를 썼습니다.

24시 카페에서
유학생의 하루

도시에서 생활하는 여러분, 매일이 바빠 보이지만 쉬는 동안 친구들이 다 볼 수 있는 인터넷 공간에 자신의 '재미있는 생활'을 올립니다. "난 외롭지 않아." "난 힘들지 않아." "내 생활이 얼마나 부럽니?" "난 예쁜 음식을 맛있게 먹고 있어." 자신이 아니라 친구들한테 말이죠.

사진작가 피터 펀치(Peter Funch)는 뉴욕 맨해튼 42번가와 밴더빌트가를 지나는 사람들을 9년 동안 찍는 실험을 했습니다. 매일 아침 8:30부터 9:30까지 중앙 버스 승차장에 서서 사진을 찍었습니다. 원래 피터 펀치는 세월이 흐름에 따라서 같은 시간대, 같은 장소에서 사람들의 생활이 어떻게 변화하는지 알고 싶어 이 일을 시작했습니다.

그런데 생각지도 못한 결과가 나와 사람들에게 충격을 주었습니다. 같은 사람이 여러 번 등장했는데 거의 변화가 없었습니다. 피터 펀치는 "믿을 수가 없었다, 큰 도시 뉴욕에서 사람들은 같은 행동을 계속했는데 마치 반복되는 의식처럼 경직된 틀을 갖고 있었다"고 말했습니다. 머리와 옷 스타일, 표정에서 심지어 손이 들고 있는 커피, 같이 걷고 있는 친구까지 거의 똑같았습니다.

9년 전의 모습과 9년 후 모습이 비슷한 사람이 많은 것입니다. 우리의 365일도 그렇지 않나요? 똑같은 일상이 365번 지나고 있지는 않나요? 혹시 나 또한 일상에 매몰되어 보여주기식

메시지를 만들어내
지는 않았는지 무
서워 한국으로 유
학을 왔습니다.

많은 사람이 학
교를 졸업하면 거
의 비슷한 길을 걷
게 됩니다. 친구들
은 취직을 하고 차
와 집을 사려 합니
다. 시간이 좀 더
지나 결혼을 해 더
행복한 인생을 시작하겠죠? 한국도 마찬가지인가요? 행복한
생활이라고 하면 그림같이 사랑하는 사람과 같은 집에서 밥을
먹고 자고 아이를 키우고 일하는 풍경을 떠올리는 사람이 많
죠? 그런데 그 행복이 20년, 30년, 40년 동안 똑같이 아무 흔
들림 없이 지속될 거라고 여기나요? 자신의 진정한 꿈이 무엇인
지 생각해본 적이 있습니까? 나는 계속되는 일상에 무의식중에
남들과 같은 길을 걸으려 하는 경직된 사고에서 벗어나기 위해
한국으로 '도망'온 겁니다.

01 한국에 온 지 2년 3개월 된
중국 유학생입니다

현재 내가 사는 지역은 서울 광진구 화양동입니다. 어느 날 신호등에 서서 지나가는 행인들을 보면서 잠시 이런저런 생각을 하였습니다.

그러다 2015년 7월이 기억났습니다.

2년 전 나는 한국에 온 지 얼마 안 되었고 한국어를 배우려고 언어교육관에서 공부했습니다. 그때는 한국에서의 생활이 다 신기했습니다. TV 드라마에 나온 곳곳이 다 실제로 눈 앞에 있었습니다. 마치 내가 드라마 속에 있는 듯했습니다.

그리고 2017년 10월, 이제 다시 이 거리에서 현재를 생각합니다. 여전히 낯선 곳, 낯선 거리, 낯선 얼굴들이고 고향이랑 멀리 떨어져 있지만 여전히 꿈과 행복이 있습니다. 희망이 있기 때문입니다. 2017년이나 2015년의 어느 날, 신호등에 서서 빠르게 지나가는 행인들의 자신감 있는 얼굴을 보면서 스스로에게 다른 사람들처럼 잘할 수 있느냐고 물었습니다. 여러분도 가끔 이런 생각을 하나요? 중국 사람은 "어려운 상황이나 일이 생기면 잘되고 있는 뜻"이라고 말합니다.

중국 사람은 어렸을 때부터 미래에 대한 꿈을 꾸고 미리 준비해야 하는 편입니다. 부모는 아이를 어떤 중학교에 보낼지 초등학교 때부터 고민하고 준비합니다. 아이들도 부모의 기대를 한 몸에 받으며 미래 지향적으로 살아야 합니다. 다 좋은 일이지만 가끔 곤혹스러운 때도 있습니다. 내가 할 수 있을까? 어디까지 더 힘을 내야 하지? 하고….

당신은 어떻습니까? 자신을 믿나요? 아니면 종종 의심의 질문을 하나요?

2014년 7월은 대학원 시험을 준비하던 시기였습니다. 그 때는 취직하거나 해외로 유학을 가거나 중국에서 대학원에 진학해 공부를 계속할까 말까 고민하고 있었습니다.

신호등에 서서 지나가는 행인들을 보다 문득 옛 생각이 났습니다. 신호등 불빛이 바뀌면서 사람들이 오가는 모습이 분주히 바뀝니다. 이들은 무슨 생각을 하고 있고 어떤 꿈을 꾸고 있을까요? 한국은 내가 살던 중국에 비하면 동네 곳곳에 카페가

넘칩니다. 나는 카페 하나를 선택해 들어가 앉아 지나가는 사람들을 보면서 생각에 더욱 빠져들었습니다.

2003년, 2006년 중학교 시절, 쉬는 시간에 친구들이랑 앉아 이야기를 했습니다.

"나는 베이징에 가서 고등학교를 다닐 거야."

"난 캐나다로 이민을 갈 거야."

온통 희망만 가지고 미래를 기다리고 있었습니다. 해맑게

웃은 얼굴, 즐거운 소년기….

어렸을 때 나는 커서 카페를 운영하는 것이 꿈인 적이 있었습니다. 카페를 운영해보거나 커피숍에서 일해보고 싶어 하는 나와 비슷한 여자들이 많을 것입니다. 나는 카페에 가서 공부하거나 아무 생각 없이 앉아 있어도 행복한 느낌이 납니다.

중학교 때부터 꽤 많은 시간이 지나 나는 지금 여기 화양동의 한 카페에 와 있습니다. 여전히 희망을 가지고 있지만 여전히 스스로에게 대한 질문도 많습니다. 나는 어떤 사람이 되어가고 있을까요? 미래에는 어떤 모습이 나를 기다리고 있을까요?

오늘 '카페에서의 하루' 동안 사람들의 모습을 보며 나의 지나온 이야기와 미래의 이야기를 해보려고 합니다.

"이제부터 저와 함께 커피 한 잔 어때요?"

02 카페의 하루

3년, 5년, 10년 전의 생활과 지금 생활을 비교해보려 합니다. 10년 동안 많은 모습이 변하였지만 1년 전의 모습과 1년 지난 후 모습은 아무 변화가 없이 비슷한 것처럼 느껴집니다. 1년 전에는 한국활에 익숙하지 않았지만 즐거웠습니다. 다시 1년이 지나고 대학원에 입학했고 천천히 익숙해졌지만 가끔 나도 모르게 방황합니다. 몇 년 전에도 비슷하게 방황한 때가 있었던 거 같습니다.

시간이 2006년으로 돌아갑니다.

고등학교 입시를 앞두고 공부를 못하여 걱정했습니다. 도망가고 싶은 느낌이 생겼습니다. 그래도 그때는 엄마가 내 옆에

함께하고 있었습니다. 울면서 책을 외우거나 계속 복습을 했습니다. '엄마가 옆에 있잖아, 포기하지 마.'

시간이 10년 지났고 석사 3학기를 시작했을 때 또다시 어려운 상황들이 생겨서 휴학하고 싶었습니다. 외국인이라서 휴학하면 포기하는 거라는 사실을 잘 알았습니다. 하지만 공부 말고 아직 한국어도 잘 못하는 나는 어떻게 견뎌내야 할지 막막했습니다. 1년 전에 한국에서 행복하게 살던 나는 없어졌습니다. 자신을 잃어버렸습니다. 열흘 동안 수업 시간 말고는 방에만 틀어박혀 있었습니다. 심지어 내 자신을 이불속에 감추었습니다. 무서웠습니다. 10년 전과 달리 포기하고 싶다는 말조차 쉽게 나올 수 없었습니다. 다행히, 한국에 가족이 생겼습니다.

아침부터 '괜찮다, 잘될 거야'라는 말을 들었고 밤에 1시까지도 '괜찮냐고' 전화를 해왔습니다.

내 글을 보고 있는 당신은 괜찮습니까?

행복한 순간이나 힘든 순간들이 있지만 당신과 함께하는 사람이 한 명만 있어도 행복할 겁니다. 포기하지 마세요.

오늘 아침의 카페는 조용했습니다. 출근하는 사람들이 잠깐 들렀습니다. 서로 대화는 거의 없고 커피를 사서 다시 출근길에 오릅니다. 원래 저도 중간에 시간이 비면 카페에 들르는 사람 중 한 명입니다. 그사이 내가 그러는 것처럼 누군가 우리의 행동을 보고 응원하고 있을지도 모릅니다. 전에 카페에서 봤던 사람이 이 시간에 와서 공부하고 있습니다. 카페에서 공부하는 시간이 하루 일과에 포함되었습니다. 아침부터 오늘도 잘 보내야지 하는 밝는 모습을 볼 수 있습니다. 가끔 기분 좋지 않을 때나 일을 잘 해결할 수 없을 때라면 나는 새로운 내일을 기다립니다. 내일은 또 다른 새로운 날이고 희망이 포함되어 있습니다.

눈부신 햇살 아래 카페에 앉아 있었습니다. 나의 생각은 대학교 때로 돌아갔습니다.

대학교 입학할 때부터 친구랑 같이 홍콩 대학원에 들어가자고 약속했기 때문에 하루하루 열심히 생활했습니다. 하지만 대학교 마지막에는 스스로가 뭘 위해 생활하고 있는지 모르게 되었습니다. 아침부터 운동하고 논문 발표 준비를 하고 영화를 보거나 쇼핑을 했습니다. 가끔 시간을 낭비하며 보내게 되었습니다. 아마 그때 우리는 길을 찾는 시간이었을 것입니다. 당시에는 시간을 낭비한다고 여겼지만 지금 다시 생각해보면 얼마나 중요한 시간이었는지 알 수 있습니다.

따뜻한 햇살 아래 앉아 책을 보고 밤에 친구들이나 부모와 약속을 잡아 얘기를 하거나 놀면 행복한 마음이 들었습니다. 부모님, 친구들, 책, 커피, 따뜻한 햇살, 자유로운 시간이 있으면 생활이 얼마나 행복한지 느끼게 되었습니다. 우연한 기회가 생겨 한국에서의 생활이 찾아왔습니다. 2년 동안의 생활이 눈앞에 똑똑하게 나타났습니다.

지금 행복한지, 아니면 가진 전부가 생각되어서 행복한지 모릅니다. 오후 1시까지 사람들은 바빠 보이고 열심히 살고 있는 모습을 볼 수 있습니다.

점심시간이 끝나고 아직 한산해지지는 않았지만 점심때처럼 열띤 대화 소리는 들리지 않습니다. 몇몇 사람이 꾸벅꾸벅 졸고 있습니다.

오후에 카페에 들르는 사람들이 많아졌습니다. 사람에 따라 보이는 표정이 많이 달랐습니다. 힘든 얼굴도 있고 기쁜 얼굴도 있습니다. 어떤 얼굴을 다른 사람에게 보여주면 상대방이

영향을 받을 수 있습니다. 오늘 당신은 많이 웃었나요? 조용한 카페가 사라지고 즐거운 곳으로 바뀌었습니다.

생각해보니 나의 길지 않은 인생 중 즐겁지만 좋지 않은 일들도 있었습니다. 고등학교를 다닐 때였습니다. 열여덟 살의 나는 노는 일밖에 없었습니다. 부모님은 고등학교 때 잘 공부해야 좋은 대학교에 갈 수 있고 좋은 인생을 시작할 수 있다고 말씀하셨습니다. 반면 나는 즐겁고 재미있게 지내고 싶어서 취미가 같은 친구들이랑 밴드를 만들었고 연습해서 가끔 공연도 하였습니다. 당연히 대학교 입학시험에 떨어졌습니다.

인생에는 다양한 일들이 많습니다. 그래서 후회하지 말고 조금 더 노력하면 좋겠습니다.

6~7시쯤 카페는 다시 시끄러워졌습니다.

퇴근 후 사람들의 크게 떠들며 즐

거워하는 얼굴이 보입
니다. 조용조용 즐거운
목소리로 자신의 하루
를 이야기하는 사람도
있습니다. 산에서 내려
와 카페에서 쉬는 사람
들도 보입니다. 이 장면
은 신기하다고 생각합
니다. 중국에서는 건강
해지기 위해서나 취미생
활로 등산을 하는 사람
이 많지 않습니다. 한국에서는 사람들이 등산하거나 운동한 후
에 쉬면서 하루일과를 즐겁게 얘기하는 편안한 모습을 종종 볼
수 있습니다.

카페의 하루와 함께 사람들의 삶이 흘러갑니다. 우리는 주
변 환경과 어울리기 위해 열심히 이해하고 나 자신을 위해 공부
도 하며 보내야 합니다.

시간마다 사람들의 행복한 느낌도 다릅니다. 그런데 당신은
오늘 하루 어땠나요?

저는 공부도 열심히 하지만 용돈을 벌기 위해 아르바이트도
합니다. 그러면서 새로운 친구들과 만나 같이 즐겁게 생활하고

있습니다. 저는 한국에서 나름 행복하고 재미있는 생활을 보내고 있습니다.

이제는 한국이 많이 익숙해져서 내가 외국에 살고 있는지 잘 모르겠습니다. 그런데 중국에서와 매우 다른 점은 퇴근하거나 수업이 끝나면 서로 '수고하셨습니다!' 하는 말을 자주 하는 것입니다.

그렇습니다. 하루 일을 하고 나면 힘들죠?

"오늘 하루 어땠나요?"

행복했나요?

즐거웠나요?

힘들었나요?

아니면 슬펐나요?

그동안 제가 본 한국생활은 기쁘고 행복하지만 바쁜 생활 때문에 힘들기도 했습니다. 그래도 서로 다른, 낯선 공간이지만 비슷한 행복을 느낄 수도 있습니다.

오늘처럼 가끔 멈춰 쉬는 것은 어떨까요? 엄마와, 친구와, 카페에 가서 커피 한 잔 어때요?

03 나의 일기를 공개하겠습니다

2010년 10월 30일

한 달이라는 시간이 빠르게 지나갔습니다. 대학교에 입학하기 위해서 매일 공부밖에 없는 생활에 적응했습니다. 그동안 열심히 노력만 하면 안심된다고 생각했습니다. 사실은 시간이 지나면서 기억도 어렵지 않게 지울 수 있다는 사실을 알게 되었습니다. 자신을 위해 노력하거나 생활하겠습니다. 아무 때나 함께할 수 있는 사람들이 꼭 필요합니다. 선을 넘으면 자신의 길은 다른 사람의 영향으로 갈릴 수 있는 것 같습니다. 그렇게 되면 당신은 어떻게 할 건가요?

　나는 원점으로 되돌아가서 다시 출발해야 합니다. 궤도에 오르기 전에 고개를 돌리지 않고 힘든 일들을 넘은 것은 기억이 잘 나지 않는 모양입니다. 이때는 나의 친한 친구와 대화조차도 없었고 이별한 것을 다시 생각해보면 이해했습니다. 심지어 그때 친구가 얼마나 곤혹스러워했는지…. 얼마나 변화하고 싶은지 다 이해했습니다. 친구들, 부모님에게 달라진 모습을 보이고 싶습니다. 바꾸면 모두 변화할 수 있습니다.

　자신에게 '열심히 10년 동안 노력해보자'라고 말했습니다. 10년 뒤에 내 모습은 어떨까? 아마 나의 10년 동안은 슬픔도 있고 행복도 많을 것 같습니다. 별생각 없이 지났습니다. 쉬우면 더 좋겠습니다. 미래나 내일을 방향으로 노력하고 오늘부터 기억을 더듬지 마세요!

　(다시 읽어보니 7년이 지났습니다. 100퍼센트 옛날 내가 생각했던 모습과 조금 달랐습니다. 그렇지만 한 공간에서 나가 다른 공간으로 옮겨갑니다. 주인공은 나입니다. 가끔 자신한테 무언가를 주고 싶습니다.)

　　没想到一个月就这样飞快地过去了。适应了现在因为考大学而按部就班，努力念书的生活。觉得努力的日子才过的安稳。其实忘记一个人也是如此容易，不到100天，原来的世界就不复存在，欣欣向荣新世界取而代之。主角换成了自己，为自己生活。就是有那么一段路需要人陪伴。拿捏不好分寸，就会把自己的路，随着他人，走偏了方向，那时候你该怎么办？

　　我会重新再来。步入正轨之前，不再回头。温存的只剩下模糊的影像。

　　也是这时候，我可以理解以前好朋友的"不告而别"，我甚至可以体会到他当时的迷惘，他想要改变的迫切心情，他想要以全新的面貌展示给大家。但是，不幸的是，改变，就全都变了。只有努力向前，十年为限，做出一个样子。证明我变强大了。每天都有感伤亦或幸福，亦或什么……但都也是过去了啊？简单点好。就冲着未来，朝着明天。今天开始，我不在回忆了。

　　（重新翻来看，七年过去了，不完全是当初想象的样子，但是从一个空间转换到了另一个空间。主人公也还是我，时常问问自己想要什么）

27년 동안 매일매일 현실 생활인데 꿈인 것처럼 만들었습니다. 꿈은 이루질 수 있다고 생각합니다. 전 세계 사람들은 다 좋은 사람이라고 생각합니다. 스물일곱 살이지만 순수하게 열일곱 살의 꿈을 꾸고 있습니다.

내가 생각하고 하고 싶은 마음에 따라 노력을 통해서 꿈을 이룰 수 있습니다. 그런데 소원이 이렇게 쉽게 이루질 수 있으면 전 세계 사람들이 다 몽상가가 되겠습니다.

내 꿈은 하고 싶은 대로 살기입니다. 내가 해외에서 자유스럽게 살고 싶습니다. 맞았습니다. 이제 이루어졌습니다. 그런데 중국에 있는 가족한테 감사하고 미안한 마음이 계속 있습니다.

대학교 때는 부모님의 말을 잘 들었습니다. 심지어 대학교 전공도 부모님의 의견에 따라서 4년 동안 열심히 했습니다. 지금은 내가 쓰고 싶은 논문만 쓸 거라고 생각합니다. 나중에 취미에 따라서 취직해야 합니다. 현실을 통해 가끔 다른 사람이 원하는 것에 따라서 하면 더 편하다고 들었지만 내가 마음대로 하는 편입니다. 그래서 그냥 인터넷에서 자료를 모아 만든 논문은 쓰고 싶지 않습니다. 해외에서 중국을 보면 잘 발전하고 있다고 생각합니다. 중국 웹 소설에 관심이 많습니다. 나중에 이 분야를 공부하는 사람이 되고 싶습니다.

27年，每一天都活在自己的梦里，觉得可以梦想成真，觉得世上都是好人，27岁依旧做着17岁的单纯之梦。

我以为，凭自己一腔子热血和努力就能实现愿望。但是如果愿望这么容易实现，世界上就会出现数不尽的梦想家。

我说，我想要自己想要的生活。我说我想在异国他乡飘荡。对啊，实现啦，只是自己忽略了家人对自己成功的铺垫。

我说我想写我喜欢写的论文，我想去发展我感兴趣的工作，现实一遍遍告诉我，在社会中只有妥协才能走的更顺利一些，而我又不是一个昧心的人。我想随着自己儿时的兴趣，来讨论一下我眼中的中国在线小说的发展。但是，我不想洋洋洒洒堆砌一篇只有分析并且带有吹捧人家成功调调的论文。是啊，我也是在当今中国在线小说暴风式发展后，边上鼓掌人群中的一员，但我更是被这场暴风震撼住的一个感叹者。这是带有中国特色发展模式的成功么？还是因为中国的特色市场？他不只是好，他是独一无二。我想分析出什么是只能产生在中国的独一无二。

今天我和他们说，我有点痛苦，因为当你自己的实力与自己野心不匹配的时候，那种无能为力有点要了命的感觉。很容易流泪，不是因为多委屈，是因为自己的能力不及。生活真的很奇妙，无论在大的困难，在难的处境，一旦想得到，大部分人都会奋不顾身的吧。我是这种人。每天在感谢：何德何能身边这么多帮助我的人；每天在纠结：自己能力和野心的概念；只要活着，就没有到最坏的结果。我知道。

2017년 10월 23일

　지금 쓰고 있는 글은 2개월 전에 한국생활을 포기하고 싶어 했던 이유 중의 일부분입니다.

　신학기 시작했을 때부터 과제들이 많아졌지만 어떻게 하는지 몰라서 조금 스트레스를 받은 것 같습니다.

　그런데 자신에게 10년 전의 나는 어떻게 생각했느냐고 물어 봤습니다. 모르는 일들이 있어도 다른 나라에서 잘 살고 있다고 생각했습니다. 점점, 혼자 잘 지낼 방법을 배웠습니다. 미래를 향해 걷다가 어려운 상황이 생기면 자거나 멍하게 있거나 청소하거나 울어도 괜찮습니다. 아무리 어려운 상황에서 '한 사람'이 내 옆에 있습니다. 맞습니다. 우리는 사랑에 빠졌습니다. 그런데 오해하지 마세요! 우리의 사랑은 가족애나 우정입니다. 서로 사랑하고 있지만 남녀 사랑과 상관없습니다.

우리는 서로 도움을 받고 도움을 줍니다. 우리 개인의 이해 득실을 따지지 않습니다. 그냥 옆에서 조용히 지켜보고 상대방에게 내가 있으니까 다 괜찮은 것 같은 느낌을 주려고 합니다. 친구가 힘든 일이 있을 때 언제든지 나를 찾을 수 있으니 포기하지 말라고 합니다. 당연히, 이 글을 쓰다가 몇 명 사람들의 모습이 내 머릿속에서 나왔습니다. 원래 당신들이 다 있었구나.

이제까지 계속 공부하고 있고, 또한 지금까지 계속 꿈을 꾸고 있습니다. 지금부터 꿈이 이루어지기 위해 시작해야 합니다.

어렸을 때부터 일기를 쓰고 있고 심심할 때의 감정을 책의 빈자리에 썼습니다. 졸업했을 때 사용한 책들은 다 판매했지만 일기장들은 지금까지 남았습니다.

한국 문화를 배우려고 중국에서 한국까지 왔습니다. 작가의 감정이나 생각을 유추하기 위해 미칠 정도로 연구합니다. 선생님들이 드라마의 시청률 연구를 통해 시청자들이 좋아하는 드라마 스타일을 분석합니다. 시간을 아끼게 사용하고 있지만 잘 이용할 수 없으면 걱정합니다. 죽을 것 같다고 생각합니다. 일이 끝나지 않으면 도망가고 싶습니다. 당신은 이런 생각해본 적이 있습니까? 갑자기 당신이 나를 움켜잡은 모습이 생각나면서 정말 많은 힘을 받았습니다.

아무리 힘들어도 행복합니다. 사랑하니까.

2017. 10. 23.

因为它就是我2个月前，一度想要抛弃，一部分压力的来源。

但是，渐渐，我学会了呆着，前进途中难过去的时候，自己补个觉，发发呆，大扫除，哭一哭…怎么样，他都陪着我。对，我们相爱。很爱。但与爱情无关。我们相互不计较得失，只是，默默的看着，让对方知道，我陪着你呢，就够了。多晚都会，多久都在。当然，我脑海出现了几个他。你，你，你，你，你们在。

学了一辈子的文化，做了一辈子的梦，现在开始追这一辈子的梦。

从小开始写日记，无聊的心情写满了课本。毕业时，课本卖了，日记一本一本的，留到了现在。从文化到产业，从国内学到了国外。疯狂到研究一个词在一首歌中出现的频率，以便猜测作者的心情和思想。研究一个电视剧的收视率来分析贴近大众心里的故事…把时间珍惜到每一分钟，好好利用不到每一秒的时候，内心是超级超级崩溃的，觉得完了，要死了，干不出东西的时候想逃跑。突然想起，你拽着我的样子，从崩溃到幸福。

最近的日子真的很疯狂。一直在中文，韩文资料，文献，还有论文中游荡。然后狠狠体会可以做到想要做的事情的时候，真的感觉到指尖都在键盘上跳跃，只为了自己那一份热爱。

앞년의틀

대0억간

홍2추공

마포구

홍대앞

글·사진 | 최 하 경

홍대앞 20년지기 편집자입니다.
중학교 때 군산에서 홍익여중으로 전학 왔습니다. 홍대앞과
의 인연의 시작입니다. 대학 졸업 후 첫 직장이 마포구 소재
출판사였습니다. 지금도 홍대앞 출판사에 다니고 있지요.
20년이 넘은 홍대앞 추억의 공간들에 대해 이야기합니다.

홍대앞 20년
추억의 공간들

01 홍대앞을 오간 지 20년이 넘었습니다

서울생활의 시작은 중학교 때입니다. 전북 군산에서 초등학교를 보내고 중학교 진학 후 아버지의 직장으로 인해 서울로 전학 오게 되었습니다. 이사 온 동네가 당인리 발전소 근처였지요. 그래서 전 홍익여중을 다녔습니다.

지금 홍익여중은 망원동 쪽으로 옮겼지만 예전에는 홍익대 안 극동방송 쪽에 있었기에 등하굣길마다 홍익대 정문을 지나 운동장을 가로질러야 했죠. 사실 극동방송 쪽으로도 들어가는 작은 문이 있었지만 한창 식욕이 왕성하던 중학생 때였는걸요. 정문으로 다녀야 우리의 배고픔을 달래주는 빵집과 분식집에 들를 수 있었지요.

서림제과와 훼미리 햄버거

그때 그 시절 홍대 정문 신호등을 건너 왼쪽 도로변에 서림 제과가 있었습니다. 별일 없으면 500~600원을 주고 서림제과 의 맛있는 소보로나 단팥빵을 사 먹고 여름이면 아이스크림까 지 하나씩 물고 그 아래 길에서 나는 당인리가 있는 합정 쪽으 로 친구는 연남동으로 가기 위해 헤어졌습니다.

도로변에 위치했던 미화당 레코드. 사진 제공: <스트리트h>

그 주변에 '훼미리'라는 햄버거집도 있었는데, 당시에 햄버거 는 600원 정도여서 나는 햄버거집에 가서 햄버거를 먹을지, 서림제과에 가서 빵을 먹을지 고민했던 것 같습니다. 서림제과는 빵이 싸고 맛있고 또 여름이면 소프트 아이스크림이 있어 정말 자주 들르곤 했지요. 훼미리 햄버거집은 미화당 레코드 가게에서 홍대 정문 방향으로 조금 더 올라간 곳, 건널목 즈음에 있었지요.

수업이 끝나면 친구들과 홍대 정문을 나와 신호등 앞에서 '오늘은 어디를 갈까?'를 고민했는데 기억나는 즉석떡볶이집 두 곳이 있습니다. 당시에 즉석떡볶이집은 여학생들한테는 수다장소로 최고였지요. 한 곳은 극동방송국 쪽에 있던 산토끼, 또 한 곳은 서림제과를 지나 지하철역 쪽으로 가면 있었습니다. (이름이 기억이 안 나네요.) 사실 나는 제과점 빵보다는 떡볶이를 더 선호했던 것 같습니다. 그래도 그 시절 용돈이 넉넉지 않았던 우리들은 시험이 끝났거나 누군가의 생일 같은 특별한 날이나 친구의 기분이 안 좋아 보이던 날에만 즉석떡볶이집에 가곤 했지요. 어떻게든 핑계를 대고 가기도 했지만요.

중학교 졸업 후 우리는 여러 학교로 흩어졌습니다. 가까이는 홍익여고로 간 친구도 있고 이대부고, 이화여고까지 뿔뿔이 갈라지는 바람에 고등학교 때는 홍대에 나올 일이 전혀 없었습니다. 대학 입학 즈음 이사까지 가고 보니 홍대와는 영영 멀어져만 가나 보다 했는데 중학교 때 친구들이 죄다 근처에 살아 그들과 만나게 되면서 홍대를 다시 찾게 되었습니다.

그 몇 년 사이 홍대 앞은 완전히 변해 있었습니다. 아니, 급속도로 변화가 진행 중이었습니다. 서림제과는 사라지고 분식집이 즐비하던 먹자골목에는 옷가게들이 들어찼습니다. 홍대 정문 옆쪽으로도 낯선 가게들이 생겨났습니다. 내가 알던 조용하고 촌스럽던 홍대는 사라지고 죄다 화려한 가게들로 변해가고 있었습니다.

그러다 대학 졸업 후 직장을 구했는데 아주 우연히(사실은 필연?) 첫 직장 위치가 바로 마포구였습니다. 그렇게 마포구와의 인연은 끊어지지 않고 이어져 지금까지 저를 홍대앞에 묶어놓게 되었습니다. 엄청난 길치인데 유일하게 길을 헤매지 않고 장소를 찾는 곳이 홍대앞입니다. 중학교 때부터 인연이면 얼마나 긴 거예요? 어림잡아 20년은 되었네요.

그렇게 보면 홍대앞은
제2의 고향 같은 곳입니다.

홍대앞의 많은 변화를 보고 접하면서 어느새 홍대를 사랑하는 사람이 되었습니다. 홍대앞과 관련된 기사나 이야기가 나오면 제 얘기 같고 또 홍대앞에 어떤 가게가 생겨나고 또 사라졌다고 동네 반상회 모여 얘기 나누듯이 친구들끼리 시시콜콜 보고하곤 합니다. 90년대까지만 해도 상당히 조용한 동네였는데 지금은 상업지구로 발전해서 변모되어가는 모습을 보면서 좋은 점도 있지만 아쉬운 점도 있곤 합니다.

리치몬드 폐점

1995년도에는 지하철 가는 쪽에 리치몬드 제과점이 생겼습니다(지금은 또 엔젤리너스 커피숍으로 바뀌었지만요). 서림제과보다 빵 종류가 다양했고, 훨씬 고급스런 분위기였습니다. 독일에서 인정받은 상을 받고 무슨무슨 큰 대회에서도 상을 받은 제과제빵의 장인이 빵을 만든다고 해서 뭔가 있어 보였습니다.

고급 제과점 리치몬드의 빵값 수준은 서림제과와는 비교 불가였죠. 그래도 거기서 흘러나오는 빵 냄새 이끌려 리치몬드는 홍대에 나오면 꼭 들러 빵을 사가는 단골가게가 되었습니다.

리치몬드에서 아직도 기억나는 맛이 있습니다. 팥빙수! 처음 팥빙수를 먹은 곳이어서인지 그 맛을 지금도 잊을 수가 없습니다. 처음 먹었던 금액이 4,500원. 다른 팥빙수 가게에 비해 비싼 편이었습니다.

그렇게 홍대의 랜드마크 역할을 하던 리치몬드도 세월이 흘러 2012년, 문을 닫게 되었습니다. 홍대앞의 임대료 상승으로 인해 젠트리피케이션 현상이 일어난 것이지요. 결국 장사가 잘 되던 리치몬드 제과점도 감당해내지 못한 듯합니다. 동네 빵집

서림제과의 맥을 이어 홍대 명물 리치몬드 빵집이 자리를 잘 잡았는가 했는데 그조차 젠트리피케이션으로 물러날 수밖에 없는 안타까운 소식에 많이 씁쓸했습니다.

리치몬드홍대점 폐점 안내

30여년간 리치몬드 홍대점을 사랑해주신 고객님께 감사말씀 올립니다
저희 리치몬드 홍대점이 부득이한 사정으로 인하여
2012년 1월 31일을 마지막으로 폐점을 ㅎ
갑작스럽게 알려드린 점 머리숙여
불편하시더라도 성산본점과 이대ECC점을 ㅅ
보다 나은 서비스와 품질로 여러분의 성원ㅇ
감사의 말씀과 사과의 말씀

— 리치몬드과자점

사진 제공: <스트리트h>

02 신촌 다주쇼핑센터와 목마레코드

　잠시 중학교 때 홍대앞을 다시 얘기하면 내 기억 속에 선명히 새겨진 곳이 있습니다. 정확히는 신촌역 그랜드마트 못 미쳐 현대 백화점 건너편에 있던 다주쇼핑센터입니다. 현대 백화점이 예전에는 그레이스 백화점이었고 그 건너편에 다주쇼핑센터가 있었습니다. 지금은 공원길로 바뀌었습니다.

　세련된 현대 백화점과 달리 건너편 다주쇼핑센터는 시장 같은 분위기에 가게들이 따닥따닥 붙어 있었는데 홍대에서 걸어서 30분이나 걸렸지만 우표수집 때문에 이곳을 자주 드나들었습니다. 다주쇼핑센터 2층에 가면 우표 수집가를 위한 우표를 살 수 있었습니다. 나중에 안 사실이지만 이곳 2층에는 프라모

델을 취급하는 가게도 있었다고 합니다. 나는 용돈이 생기면 여기서 우표를 사곤 했습니다. 당시 다주쇼핑센터 1층에는 바세린 같은 해외 수입물건을 살 수 있는 가게도 있었습니다.

다주상가는 60~70년대 도시 환경 개선 사업의 일환으로 하천을 복개한 부지 위에 대형 상업 시설로 지어졌다고 합니다. 그때 이미 저는 하천은 구경조차 못했지만 아직까지 근처 동네이름 동교동, 서교동에 다리 교자를 쓰는 걸 보니 홍대 근처에도 하천이 있었던 듯합니다. 그렇게 만들어진 다주상가는 70년대 후반부터 80년대 초 호황을 누리며 신촌 지역의 대표 상가로 자리매김했습니다. 1층 재래시장에만 170여 개 점포가 들어선 적도 있었다고 합니다. 신촌에서 자란 연예인 비의 어머니도 비가 어렸을 때 다주상가에서 떡 장사를 했다고 합니다.

공원으로 바뀐
다주쇼핑센터 자리

또 한 곳은 '목마레코드'라는 음반 가게입니다. 신촌 로터리
에서 홍대 방면으로 가는 버스 정류장 부근에 위치하고 있었습
니다. 당시엔 홍대뿐만 아니라 인천 등 시외버스들도 함께 사
용하는 정류장이어서 버스를 기다리는 사람들로 늘 붐비던 곳
이었습니다. 약간 언덕 위에 정류장이 위치해 골목길의 목마레
코드와 신촌시장이 함께 보였습니다. 지금은 사라졌지만요.

예전 목마레코드 자리에 커피숍이 들어와 있다.

외진 곳에 있었지만 규모는 신촌에서 제일 큰 레코드점이었습니다. 1977년에 문을 열어서 1996년까지 있던 전통의 레코드점이었다고 하는데, 다른 가게와 마찬가지로 온라인에 밀려서 수년 전에 폐점되었다고 합니다.

이곳은 단순히 음반만 팔던 곳이 아니었습니다. 내가 원하는 곡을 돈을 받고 공테이프에 녹음도 해주었습니다. 나도 고등학교와 대학교 때 목마레코드에서 팝송을 많이 녹음해가곤 했습니다.

공테이프는 60분짜리를 들고 갈 때도 있었고 90분짜리를 들고 갈 때도 있었는데 녹음한 곡을 너무 많이 들어 테이프가 늘어지기도 했죠. 그래서 일부러 좀 좋다고 하는 SONY 제품으로 사서 맡기곤 했습니다. 그 시절 들었던 라이오넬 리치의 '헬로', 왬의 '라스트 크리스마스', 스티비 원더 등의 팝음악은 내 영어 실력의 기본이 되어주기도 했습니다. 누군가에게 음악 선물을 하고플 때도 이렇게 녹음해서 주곤 했습니다. 지금 와서 고백하자면 좋아하는 오빠가 있었는데 음악을 즐겨 들어 이곳에서 공테이프에 녹음해서 주곤 했습니다. 녹음비는 2,000원 정도이지 않았나 싶은데, 정확한 기억은 안 납니다.

목마레코드를 떠올리면 중학교부터 나의 대학생활, 직장 초년까지 이어지는 추억이 떠올라 당시를 기억해내는 것만으로도 행복해집니다.

홍대앞 사라져간 음반 가게들

홍대에는 여러 레코드 가게가 있었습니다. 그 첫 번째가 레코드포럼이라는 음반 가게인데 홍대 정문 앞에서 6호선 상수역과 극동 방송국 방향으로 내려가다 보면 삼거리가 나오는 곳에 있었습니다. 삼거리를 빛내던 노란 간판이 눈에 띄었는데 이곳은 꽤 오래 버티다가 2012년 12월 문을 닫았습니다. 유리벽을 가득 메운 CD 디스플레이에는 뮤지션 이름과 타이틀을 큼지막하게 써 붙여 놓았습니다. 재즈와 올드락, 그리고 월드뮤직 전문 매장으로 상당한 물량과 다양성을 자랑했습니다. 세르지우 멘데스(Sergio mendes)나 카에타누 벨로주(Caetano veloso)처럼 인지도에 비해 국내에선 쉽게 구할 수 없던 뮤지션들의 앨범도 보유하고 있어 마니아들의 성지였던 곳이었죠.

또 하나 홍대 정문 진입로 오른편에 위치했던 미화당 레코드를 기억하시나요? 예전 국민은행 맞은편에 위치했습니다. 골목 여기저기 숨어 있는 다른 가게들과 달리 홍대 정문 진입로목 좋은 곳에 자리잡고 있었지요. 그 위치의 특수성 때문인지 홍대앞을 들락날락하는 사람들의 트렌드를 대변하는 듯한 인상을 받았습니다. 예전에는 이곳에서 흘러나오는 캐롤송이 가던 길을 멈추게 했는데 저작권 때문에 언제부터인지 캐롤송도 들을 수 없게 되었고, 음반 시장이 디지털 시대로 바뀌면서 감당하지 못하고 2015년에 문을 닫았습니다. 미화당은 베스트 음반과 장르 구분을 잘해놓았습니다. J-pop과 모던락 코너도 따로 있고, 인디락 앨범들을 예쁘게 진열해놓은 것도 인상적이었습니다. 제일 잘 되어 있던 건 힙합과 R&B를 비롯한 블랙뮤직. 재즈도 최근 발매된 라이센스들은 많이 있었습니다.

미화당 레코드 내부 모습. 사진 제공 <스트리트h>

홍대에 있는 레코드숍들 중에서 유일하게 뮤직 DVD 코너를 따로 넓게 마련해놓아 오고가면서 선물용으로 사려고 가끔 들렀습니다.

지금은 사라진 홍대 오프라인 매장 몇 곳을 소개해봤습니다. 디지털 시대의 발전으로인한 음반 시장의 현실이 고스란히 반영되는 듯하네요.

홍대앞 짧은 역사

1984년 지하철 2호선 홍대입구역이 개통되면서 급속도로 발전이 이루어졌습니다. 당초 동교동역으로 역명이 정해졌으나 학교측의 요구로 홍대입구역이 되었습니다. 상업적인 색채는 신촌이 강했고, 홍대 쪽은 약했습니다. 유흥의 중심이 되었던 신촌이 집중단속의 표적이 되자 유동인구가 홍대 쪽으로 넘어오면서 홍대가 발전하게 되었다고 합니다. 문민정부라는 시대적 분위기와 지리적 이점 등으로 인해서 홍대에서는 인디 문화가 자생적으로 성장했습니다. 이때부터 전체적인 홍대 거리의 흐름이 미술에서 음악으로 넘어갔습니다.

2000년대 들어서 월드컵을 기점으로 또다시 색채가 변했습니다. 상암동 월드컵 경기장과 가까웠던 홍대는 외국인들이 쉽게 찾으며 직접적인 영향을 받았습니다. 라이브 카페 등이 쇠

퇴하고 클럽이 더 확대되었습니다. 방송과 인터넷을 통해 '홍대 놀이터'와 '클럽데이'가 유명해졌습니다. 이즈음에 걷고 싶은 거리 등이 조성되면서 지금의 틀이 잡혔습니다.

2000년대 후반부터 급속한 상업화로 본래 홍대 지역에 있던 문화예술인들이 양쪽으로 밀려남에 따라 상권이 확대되었으나 여전히 상업 지구에도 예술적 색채가 남아 있고, 예술 지구에도 상업적 색채가 강합니다. 사실상 두 입지가 뒤엉켜 혼재되어 있다고 보면 되지만, 상업성이 날로 강해짐에 따라 순수하게 예술만 추구하는 입지는 계속 주변부로 밀려나고 있는 상황입니다. 대기업의 프랜차이즈가 들어오고 임대료가 폭등하면서 어느 곳보다 가장 빠르게 젠트리피케이션이 진행되고 있습니다.

점점 주변부로 밀려나는 이들은 상수역 주변으로, 또 다시 밀려나 현재는 망리단길이라고 불리는 망원동과 홍대입구역에서 경의선 숲길로 이어지는 연남동으로 퍼져가고 있습니다. 그래도 해당 지역들은 홍대와 차별성을 띠기보다는 연속적인 색채여서 홍대앞의 확장이라고 보는 견해가 맞을 듯 합니다.

03 경의선 책거리와 출판 이야기

　경의선 숲길 이야기를 하려니 중학교 때 친했던 친구가 사는 곳이 연남동이었다는 게 떠오릅니다. 그 친구집으로 가려면 홍대 철길을 지나야 했습니다. 바로 그 철길에 몇 해 전에 공항 철도가 들어오고 위쪽이 정리되어 경의선 책거리로 재탄생했습니다. 젊은이들로 가득한 서울 홍대입구에 독서문화가 숨 쉬는 새로운 공간이 들어섰습니다. 옛 경의선이 지나가던 철길에 책이라는 콘셉트를 합친 건데 이곳에는 열차 모양의 부스에서 아동, 예술, 문학 등 9개 테마로 나눠진 칸에서는 다양한 책들을 전시·판매하고 있습니다. 특히 이곳은 천여 개의 출판사가 밀집한 홍대 특성을 살려 조성된 만큼, 출판과 관련된 새로운 명소로 떠오르고 있습니다.

홍대앞에 왜 출판일까 묻는 분도 있을 것입니다. 홍대 하면 먼저 미술, 인디음악, 클럽문화가 떠오르니까요. 아닙니다. 홍대앞과 책문화가 더 자연스럽습니다. 홍대앞에 있는 출판사 개수가 가장 많지요. 90년대 중반부터 내가 다녔던 출판사는 모두 홍대에 있었고 그래서 지금까지도 홍대앞 출판사에 다니고 있으니까요. 20년 이상의 직장생활 속에서 다른 지역으로 다닌

2016년 10월 홍대입구역 6번 출구에서 와우교까지 250m 구간에 조성된 경의선 책거리

적도 있지만 대다수 출판사가 이곳에 밀집되어 있기 때문에 늘 홍대앞으로 돌아왔습니다. 홍대앞에 책문화공간이 있고 어떻게 변모되어 왔는지 현재의 이야기를 해보도록 하겠습니다.

출판사들의 변신, 북카페 운영

홍대앞 출판사가 커지면서 하나둘 북카페를 차리기 시작했습니다. 카페에 책을 인테리어 도구로 비치해놓고 책도 보고 차도 마시는 곳을 북카페라고 생각하는 사람도 있을 것입니다. 하지만 여기서 말하고자 하는 북카페는 출판사가 직접 운영하며 책과 더불어 음료나 음식을 판매하는 'book+store'의 개념입니다.

북카페는 요즘 생겨난 신 풍경이 아닙니다. 지금은 문을 닫았지만 이미 2000년대 초중반에도 북카페라고 할 수 있는 것이 있었습니다.

홍대앞 놀이터 근처에 시공사에서 운영한 복합문화공간 아티누스가 있었습니다. 1층에는 예술 관련 전문 서적을 파는 서점과 '카페 LIBRO'가, 2층에는 수입문구, 음반 매장과 자그마한 갤러리가 있었습니다. 출판사에 다니면서 지인의 소개로 이곳을 처음 찾아갔을 때의 감동을 잊을 수 없습니다. 당시에 유럽의 귀한 원서들 속에서 일리커피와 조각 케이크를 먹던 기억이 납니다. 하지만 12년이면 오래된 것 같은데 2004년 문을 닫았습니다. 그래도 지금 우리들이 말하는 북카페, 복합 문화공간의 시작이 아니었을까 합니다. 다행스럽게도 아티누스 서점은 2006년 말 헤이리 예술마을로 이사해 새롭게 문을 열었습니다. 비록 음반, 문구점은 없지만 어린이 전문 서점과 'FARMER'S TABLE'이라는 레스토랑이 추가되었습니다.

또 한 군데, '잔디와소나무'라는 북카페가 있었습니다. 출판사 '좋은 생각'에서 문을 연 카페로 2000년대 초에 홍대입구역 주변에 자리 잡고 있었습니다. 조용한 분위기여서 공부하거나 일하기에 좋았고, 카페 한편에서는 책과 예쁜 팬시용품도 팔았습니다. 족욕을 할 수 있는 공간도 있어서 입소문을 타고 찾아오는 사람들도 점점 늘었습니다. 이렇게 북카페는 단순히 책을 보고 커피를 마시는 공간에서 점차 복합 문화공간으로 바뀌었습니다.

경의선 책거리와 함께 근처 북카페와 이용자가 늘고 있습니다. 2011년 상수역 근처에 문학동네에서 운영하는 '카페꼼마' 1호점이 생겼습니다. 이곳은 김연아의 맥심 CF를 통해 알려지며 홍대 명소가 되었습니다. 벽 한 면을 가득 채운 15단 책장과 2층까지 이어진 창문을 개방해 탁 트인 외관이 지나가는 이들의 눈길을 사로잡습니다. 멋 스러운 인테리어는 둘째 치고, 이곳의 커피와 케이크는 정말 일품입니다. 출판사에서 운영하는 커피숍이라고 해서 맛을 얕잡아 보면 안 됩니다. 전문 바리스타를 고용해 분위기뿐 아니라 '맛'이라는 두 번째 토끼까지 잡았으니 말입니다. 특히 에스프레소를 잔뜩 머금은 티라미수는 개인적으로 강력 추천하는 메뉴입니다. 그리고 2호점 뒤에 빵콤마도 유명합니다.

하지만 슬프게도 2017년 7월 말에 문을 닫았다는 안타까운 소식을 전해들었습니다.

망원역 근처 '인문카페 창비'는 일주일에 두 번 이상 자사 저서를 중심으로 문화 행사를 엽니다. 행사는 한 회 평균 80명이 초대되고, 초대된 독자들에게 무료로 음료를 나눠 줍니다. 사실상 운영 수익을 내기보다 독자 서비스 장소로 활용할 목적으로 북카페를 열

었다고 볼 수 있
습니다. 합정역
근처에 '후마니
타스 책다방'은
카페 안에 출판
사가 있는 것으
로 유명합니다.
후마니타스 카
페에 들어가면

한쪽 내부에 공간이 있는데 그곳에서 출판사 직원을 만날 수 있습니다. 출판사는 신간 출간 전에 홈페이지를 통해 강독 모임을 알립니다. 신청자들에 한해 원고를 미리 공개하고 독자들의 의견을 들어 편집에 반영합니다. 책이 나오면 함

망원역에 새롭게 문을 연
창비 북카페

께 강독하고 저자와의 만남도 수시로 엽니다. 북카페를 적극적으로 독자와 만나는 자리로 이용하고 있습니다. 커피에 한해 리필을 할 수 있다고 하니, 자리 잡고 진득하게 있을 공간이 필요한 사람들에게 '후마니타스 책다방'을 추천합니다.

합정역 근처에 위즈덤하우스 출판사에서 운영하는 '이동진의 빨간책방' 북카페도 있습니다. 원래 '이동진의 빨간책방'은 팟캐스트 방송 프로그램입니다. 영화평론가 이동진이 두 주에 한 번, 본인이 직접 고른 책을 팟캐스트를 통해 소개하는 코너지요. 이 팟캐스트가 많은 독서인들에게 알려지면서 2014년 합정역 부근에 오프라인 북카페를 연 것입니다. 실제 북카페에 가면 한 달에 두 번 이동진이 팟캐스트를 녹음하는 것을 볼 수

있습니다.

출판사가 운영하지 않아도 개인이 운영하는 북카페도 계속 생겨나고 있습니다. 빵꼼마 건너편에 '달달한작당' 북카페도 인기가 많지요. 그림책, 만화, 디자인 관련서가 많으며 무엇보다 휴식을 취할 수 있는 캡슐 방같은 곳도 있어서 동화 속 같은 북카페입니다.

'북티크' 카페도 있습니다. 이곳은 출판사 영업자 출신의 사

사진 제공 〈달달한작당〉

장님이 강남 논현에 1호점을 낸 데 이어 2016년 서교동에 2호점을 내서 운영하고 있는데요, 책 읽으면서 커피 마시기에 딱 좋은 곳이지요. 논현에서 금요일밤 심야서점 운영으로 기사화됐는데 이곳에서도 각종 책 관련 행사가 열립니다. 게다가 세미나룸이 따로 마련되어 있고 개방된 홀에서는 홀로 공부를 하거나 작업을 하거나 아니면 책을 읽기 좋습니다. 면학 분위기가 확실히 잘 잡혀 있지요. 종종 작가와의 만남도 여는 등 출판사도 많이 애용한답니다. 저희도 얼마 전 이곳에서 작가와의 만남을 가졌지요.

이렇게 많은 출판사들이 북카페를 운영하거나 북카페를 이용하는 이유는 무엇일까요?

여러 가지지만 독자와 직접 만나고 저자와의 만남을 추진하

거나 책을 홍보하기 위해서일 것입니다. 실제로 현재 북카페를 운영 중인 출판사들은 장소를 빌릴 필요 없이 자유롭게 저자와 독자의 만남을 진행하며 도서를 판매하기도 해 자사 도서도 상시적으로 선보일 수 있어 좋아합니다. 그 자리에서 사지는 않아도 카페에서 책 구경하면서 자연스럽게 이후 판매로 이어질 수 있다는 점에서 홍보 효과도 큽니다. 북콘서트, 낭독회 같은 문화 행사도 책 홍보 전략의 일환이지요. 다시 말해 북카페는 출판사가 서점이나 매체에 의존하지 않고 자유롭게 독자와 소통하고 독자를 확보할 수 있는 새로운 마케팅 방향인 것입니다. 독자와 한걸음 더 가까워져 출판사도 좋고 조용히 독서할 수 있는 공간이 생긴 독자도 좋고, 일거양득인 셈입니다.

출판사는 더 이상 책만 만드는 곳이 아닙니다. 좋은 콘텐츠를 널리 알리고 독자와 더 자주 만나기 위한 출판사의 변신은 앞으로도 계속 될것입니다.

홍대앞 거주 20년 아니 30년에 가까워지고 있는 서울지앵의 짧은 홍대앞 이야기였습니다.

Thanks To

<짠내나는 서울지앵>

출판을 마무리하며 감사의 Thanks To를 남깁니다.

이번 <짠내나는 서울지앵> 집필은 서울의 기억을 서로 나눌 수 있어 뜻깊은 시간였습니다. 개개인의 기억이 언젠가는 서울의 시간을 기록하는 역사가 될 것이라 기대합니다.

'스토리펀딩'에 후원해주시고, 또 물심양면 도움을 주신 분들께 이렇게 감사의 인사를 전합니다.

우리들의 이야기에 귀 기울여주시고, 공감하고, 또 응원해주신 분들께 진심으로 감사드립니다.

서울지앵 프로젝트 팀

ㄱ. Lee ㄱ지훈 간대환 간절히원하면☆이루어진다 고민경 고선욱 고탁연 광옥 권준현 권지연 권혁신 기묘빈 기원 김경환 김나연 김민섭 김민형 김봉철 김성신 김영실 김원 김정성 김준호(Junho Kim) 김지원 김지은 김태형 김현주 김현정 김현진 김혜림 김호균 김희영 나승영 노승희 노은경 다뉴 무지개박 박범준 박성연 박성희 박웅서 박정현 박지민 박찬수 박태우 백현철 백혜진 번개맨과악수 번지예 사사엠 선경심 선주 선주(ソンジュ) 세미 정솔민 수ㄱ ㅣ 수영맘 곽도경 수정 수진 숙♥ 승 승호 신기원 신미연 신순항 신정아 신해수 심공섭 아저씨 양다정뾰봉 양인화 여휘동 예원 오승현 오연 완원철 왕언경 원미연 위군 유림 유보람 유연자 유진 으니 은진 은하 이경민 이경선 이경희 이다현 이리사 이병우 이성은 이승아 이승엽 이싱훈 이연수 이영우 이은경 이은층 이주연 이한나 이현 이현정 이효원 잉여아 장미나 쟈양 판 전혜지 정다은 정보경 정은미(♡서연맘♡) 정재훈 정지혁 정현진 정효빈 조수영 종전휘 쫑 쭌듀 찌밍 차보경 ㅆㄴ1ㄱㅇ 차보라 채연채희 빠 최보경 최서윤 최성애 최용빈 최재현 최준란 탁지윤 태성 태연맘 태운 심은정 통기_이수진 펑루야오 푸름하늘바다 학순 한슬기 한해숙 해나 이신혜 혜린 혜선 호연 홍지수 홍선주 홍은경 황소연 황윤희 황효선 희성맘 휘(Lumo) bluecheese@naver.com choi_jy david.l Déb/보라 ever G Ga_Yeong GREAT ROOT Holly Han^ Hyong JeSangAh jeongsikyu Jihee.Kim koeunae LEE JEONGMOON LEEJONGHYUN lme0504@hanmail.net Meer MINJEONG Miss Sim♥ MJ poongsun(세현맘 jini) soyoun spooky vonkalsen@naver.com wanjing yeong Ziiiii__u 無適也, 無莫也, 義之與比 兪始延 雪娇 (교원HR) 丁聖雅 ^^장정자♥ ♗❀강등원 ♡작은천사"지우, 주영맘♡ 한국외대 글로벌문화콘텐츠학과

짠내
나는
서울지앵

초판 1쇄 발행 2018년 1월 5일

지은이   서울지앵 프로젝트 팀 (안선정, 엄사사, 이영아, 이종현, 차오름, 최하경)
펴낸이   박용범
책임편집   최하경
디자인   이영아

펴낸곳   리프레시
출판등록   2015년 5월 31일 제559-98-00339
주소   경기도 의정부시 평화로 168번길 11 서울빌딩 4층
대표전화   031-876-9574
팩스   031-879-9574
전자우편   refreshbook@naver.com

ISBN   979-11-962230-1-4 (03810)